_171_

L'ESPRIT DES FEMMES

ET

LES FEMMES D'ESPRIT

(25ᵉ édition)

6413

— *DE L'AMOUR* —

ET DE LA JALOUSIE

(19ᵉ édition)

P.-J. STAHL

Couleur — la Couverture

PARIS

J. HETZEL ET Cⁱᵉ, ÉDITEURS

18, RUE JACOB, 18

L'ESPRIT DES FEMMES

ET

LES FEMMES D'ESPRIT

———

THÉORIE DE L'AMOUR

ET DE LA JALOUSIE

———

OUVRAGES DE P.-J. STAHL

Les Bonnes Fortunes parisiennes :
— Les Amours d'un Pierrot, in-18. 1 vol. . . . . . . 3 fr.
— Les Amours d'un Notaire. in-18. 1 vol. . . . . 3 fr.
Voyage d'un Étudiant. . . . . . . } in-18, 1 vol. . . . . 3 fr.
Histoire d'un Homme enrhumé
Histoire d'un Prince et d'une Princesse, par
P.-J. Stahl . . . . } in-18, 1 vol. 3 fr.
Voyage où il vous plaira, par Alfred de
Musset et P. J. Stahl . . . .
L'Esprit des Femmes et les Femmes d'esprit. } in-18 . . . . 1 vol.
Théorie de l'Amour et de la Jalousie. . . . .

Les Animaux peints par eux-mêmes, en collaboration avec
divers, illustrés par Grandville, 1 vol. in-8. br. . . . 9 fr.
Le Diable a Paris, en collaboration avec divers, illustré
par Gavarni et divers, 1 vol. in-8. br. . . . . 28 fr.
Contes et Récits de morale familière, in-18. 1 vol. . . . 3 fr.
Les quatre Peurs de notre Général, in-18. 1 vol. . . . . 3 fr.
Les Histoires de mon Parrain, in-18. vol. . . . . 3 fr.

Paris, Imp. A. Lahure, 9, rue de Fleurus

L'ESPRIT DES FEMMES

ET

LES FEMMES D'ESPRIT

(25ᵉ édition)

—

— DE L'AMOUR —
ET DE LA JALOUSIE

(19ᵉ édition)

—

P. J. STAHL

PARIS
J. HETZEL ET Cⁱᵉ, ÉDITEURS
18, RUE JACOB, 18

PRÉFACE .

» L'Esprit des Femmes » et *« la Théorie de l'Amour et de la Jalousie. »* (*Édition de 1882.*)

———

Je n'avais encore écrit que les *Animaux peints par eux-mêmes* (1842 et 1843) et *le Diable à Paris* (1844-1845) avec le concours des célébrités de ce temps qui avaient bien voulu m'aider à mener à bonne fin ces deux publications, puis *le Voyage où il vous plaira* (en collaboration avec Alfred de Musset, en 1846), lorsque, en 1852, je publiai *l'Esprit des femmes* et *la Théorie de l'amour et de la jalousie.*

Ces essais parurent en deux petits volumes in-32, à Bruxelles d'une part, et de l'autre à Paris chez Michel Lévy, en 1853. Je les avais écrits en Belgique, après le 2 décembre 1852. Mon but, en les publiant, était de me rappeler à mes amis de France. Quand on est dans le plein de la vie, l'oubli fait peur.

Revenu à Paris neuf années plus tard à la
suite de l'amnistie, j'ai, pendant près de vingt ans,
négligé de faire réimprimer ces deux études
que le public avait accueillies cependant en mon
absence avec faveur.

Je me disais que ces essais de ma jeunesse
avaient dû vieillir comme moi et que je ferais
mieux de les laisser oublier.

Toutefois, j'avais promis un jour à Sainte-
Beuve, devenu sur le tard un de mes bons amis,
de les relire. Il me disait que précisément parce
que c'était jeune en soi, cela ne serait jamais
tout à fait vieux.

Je ne me suis souvenu que récemment de
cette promesse, et ces deux études, réunies
pour la première fois, vont revoir le jour et
rejoindre tardivement, dans mes œuvres in-18,
le *Voyage d'un étudiant*, — l'*Histoire d'un
homme enrhumé*, — l'*Histoire d'un prince
et d'une princesse*, — *les Bonnes fortunes
parisiennes* (les Amours d'un Pierrot et les
Amours d'un Notaire), — *les Quatre peurs
de notre Général*, — *les Contes et récits de
morale familière*, — *les Histoires de mon*

Parrain, et un certain nombre d'autres œuvres écrites pour un autre âge.

Il pourra paraître curieux, aux plus jeunes écrivains du temps actuel qui, tout au présent, se soucient peu de leurs aînés, de voir comment les jeunes écrivains de la seconde génération de 1830 parlaient des choses et des sentiments qui les occupent à leur tour, et quelle différence de ton et d'accent le temps d'alors donnait à des sujets dont le fond ne varie guère.

Que si quelques-uns s'étonnaient d'y trouver par-ci par-là quelques mots, quelques lignes qu'ils s'étaient habitués à croire de leur âge, qu'ils me le pardonnent, c'est assurément sans le vouloir que je me serai rencontré avec eux alors qu'ils n'étaient pas encore nés.

P. J. STAHL.

L'ESPRIT DES FEMMES

ET

LES FEMMES D'ESPRIT

(24ᵉ édition)

1

PREMIÈRE PARTIE

LES OPINIONS

DE MON AMI JACQUES

DE L'ESPRIT

DES FEMMES

ET DES FEMMES D'ESPRIT

I

Mon ami Jacques disait :

Je ne voudrais ni faire trop de plaisir aux bêtes, ni me brouiller avec les femmes d'esprit, ni surtout pouvoir jamais être convaincu d'avoir fait l'éloge de la bêtise,

quoiqu'elle ait du bon, elle aussi, comme
toutes les choses calomniées. Mais il m'est
impossible de ne pas déclarer qu'il n'est
peut-être pas très à désirer que la femme
qu'on aime ait beaucoup d'esprit.

Il faudrait, en effet, qu'à l'esprit pussent
se joindre constamment et un grand bon
sens et une bonté parfaite, deux choses
toujours rares, pour qu'il ne fît pas de tort
au sentiment ; et il est peut-être vrai de dire
qu'une femme qui a beaucoup d'esprit n'a
presque jamais assez de cœur.

Le danger est, quand une femme a de
l'esprit, qu'elle se mette à en avoir comme
les femmes se mettent à avoir de tout ce qui
leur réussit, c'est-à-dire trop. J'ai rencontré
pas mal de femmes de trop d'esprit, je n'en
sais guère qui en aient assez cependant pour
n'en jamais avoir ou n'en jamais montrer
que ce qu'il en faut.

II

L'esprit d'abstention n'est pas l'esprit des femmes.

L'esprit ne sert pas, d'ordinaire, aux femmes d'esprit à se contenir et à se réserver, mais à se répandre, à se prodiguer et à faire montre de leurs richesses. Comme certains oiseaux, l'esprit des femmes chante plus volontiers au milieu du bruit que dans la solitude. La société lui convient et l'excite. Une femme qui a quelque chose de spirituel à dire le dira plus volontiers et mieux dans son salon qu'en tête-à-tête.

Dans le grand monde, qui n'est pas toujours le meilleur, — la lie monte souvent à la surface; — dans le grand monde, de nos jours, les femmes d'esprit parlent presque toujours un peu trop haut, un peu trop partout, un peu trop pour tout le monde. Tous les auditoires leur sont bons, les plus étranges et les plus étrangers. Il semble même que, du moment où elles ne connaissent pas ou connaissent peu les gens, elles n'aient rien à leur cacher. Les sottes en ont fait la remarque et l'ont utilisée à leur manière. On s'en aperçoit dans les lieux publics. En hiver, dans les théâtres, les concerts, voire les églises; en été, dans les parcs et les jardins, on n'entend qu'elles. Toutes les femmes qui parlent trop haut ne sont donc pas des femmes d'esprit, mais il est clair qu'elles croient l'être. Si elles savaient qu'elles n'arrivent ainsi qu'à afficher leur sottise, elles se tairaient sans doute, et laisseraient l'illusion possible aux inconnus, à la cantonade dont le hasard les entoure et pour qui elles parlent, en réalité, bien plus que pour les personnes de leur compagnie. Mais, si l'on était de force à s'apercevoir qu'on est sot, on cesserait de l'être, et voilà l'impossible. La sottise, ayant le privilège de s'ignorer et de se complaire toujours, ne se corrige jamais.

III

L'esprit des femmes a toutes sortes de rapports avec le diamant : il est fin, il est précieux ; il a mille feux, mille étincelles ; il a des facettes qui rayonnent dans toutes les directions ; il éblouit enfin, et se trahit même dans l'ombre dès que la plus petite ouverture lui est faite. Il ne peut pas rester dans un tiroir, il faut qu'il se montre, et c'est cette nécessité où il semble être de se faire voir qui explique la plupart des sottises célèbres qu'ont pu faire et dire les femmes d'esprit de tous les temps, depuis Ève et Pandore,

qui n'étaient sottes ni l'une ni l'autre assurément.

Une autre ressemblance qu'offre l'esprit
des femmes avec le diamant, c'est que, ainsi
que lui, il est faux quelquefois sous sa bonne
apparence et que le soir, à la lumière, bien
qu'il n'ait pas plus de valeur au fond qu'un
bouchon de carafe bien taillé, il peut en im-
poser aux gens pressés qui ne se donnent
pas le temps de l'examiner, et les tromper
grandement.

IV

L'esprit n'est pas indispensable à une
femme. Il en est grand nombre qui parviennent, à force de mesure et de ce tact qui
manque souvent aux femmes d'esprit et presque jamais aux femmes de cœur ; il en est
un grand nombre qui parviennent, sans es-

prit, à ne jamais dire ni faire une bêtise, à être d'exquises créatures tout bonnement. C'est à quoi n'atteindrait jamais une femme qui n'aurait que de l'esprit.

Une femme qui n'a que du cœur peut suffire à tout. Une femme qui n'a que de l'esprit peut n'être pas bonne à grand'chose. Je dirai même qu'il y a des femmes qui ont tant de cœur, que personne n'a jamais pu s'apercevoir qu'elles manquassent d'esprit.

Pour en revenir à l'esprit dans les rapports qu'il peut avoir avec l'amour, je dirai donc : On peut avoir de l'esprit avant de s'aimer, il est indispensable d'en avoir après s'être aimé; mais en avoir beaucoup pendant qu'on s'aime, c'est inutile, c'est peut-être périlleux, et c'est très probablement le signe qu'on ne s'aime guère. L'amour n'est si bon que parce qu'au fond il est un peu bête, il nous simplifie.

V

Madame A... avait toujours eu la fantaisie d'avoir pour amant un homme d'un esprit incontestable. Elle prit mon ami X... C'était un bon choix dans cet ordre d'idées.

— Dieu! que les hommes d'esprit sont bêtes! me dit-elle au bout de fort peu de temps.

Madame A... avait raison. Mon ami X... était bête. Il l'aimait. Il n'avait pas eu assez d'esprit, quoiqu'il en eût beaucoup, pour ne pas devenir amoureux d'elle.

Je m'étonnais même, que madame A...? me le pardonne, je m'étonnais de sa passion pour cette aimable femme.

— Que veux-tu! me répondit-il, je suis fou de son nez!

— Il est un peu en l'air, cependant, lui dis-je étourdiment.

— Oui, reprit-il, mais comme il y est bien ! et comme cela lui va bien d'y être ! Si tu le voyais, ce nez sans rival, si tu l'étudiais comme j'ai pu l'étudier ! Comme il est fin, comme il est taillé, comme il est ciselé, comme il s'anime, comme il se passionne, comme il est toujours là, comme il sait de quoi il s'agit ! Il vit, mon cher, il bat des ailes, il est au combat, on dirait qu'il sent la poudre et que l'odeur l'enivre. C'est quelqu'un enfin, un être intelligent, un être doué. A côté de lui, tous les autres nez ne sont que des nez de carton !

On le voit, mon ami X... était à son affaire. Il était dans son rôle, il n'avait pas le sens commun. Madame A... a des yeux pleins de velours gros bleu. Sa vraie beauté, ce sont ces yeux-là, qui sont célèbres, que

tout Paris a admirés; et ce que mon ami
X... aimait d'elle, c'était quoi? son nez!!
c'est-à-dire son défaut, c'est-à-dire un de ces
nez retroussés et ouverts qui ne peuvent pas
paraître dans la rue un jour de pluie parce
qu'il pleuvrait dedans et qu'ils seraient bientôt submergés; un de ces nez qui font d'une
grande dame une sorte de grisette inutile-
ment superbe qu'on a tout de suite envie de
tutoyer.

Enfin, ce nez, X... l'aimait. X... était
excusable. Madame A..., elle, ne l'était pas.

On dit des gens bien épris qu'ils sont
amoureux à en perdre l'esprit; l'expression
est juste. Quiconque a gardé son esprit ne
peut pas dire à une femme : « J'ai perdu
mon cœur. » Si madame A... eût aimé mon
ami X..., elle eût été bête comme lui, elle
ne se fût point aperçue combien il l'était devenu, et, comme le bonheur consiste peut-

être à être bêtes ensemble, ils auraient pu être heureux. Qui sait ? l'amour, dont on cherche bien loin des définitions, n'est peut-être qu'une sublime bêtise mise en commun par deux êtres aimés du ciel.

VI

Néanmoins, je comprends madame A... Comment diable voulez-vous — je parle en thèse générale — qu'une femme d'esprit aime, de parti pris, sérieusement et, comme on dit, sans barguigner, un homme? Qu'a donc un homme de si agréable pour justifier qu'on l'aime, c'est-à-dire qu'on l'admire, qu'on le trouve magnifique, incomparable, qu'on soupire pour lui, qu'on vive pour lui, qu'on meure pour lui? Est-ce que nous sommes donc si jolis? J'ai dit un jour que les femmes n'avaient ni goût ni dégoût : cela a fait crier

quelques bonnes âmes; mais est-ce que de
ce seul fait que les femmes nous souffrent,
moi et les bonnes âmes en question, il ne
résulte pas que mon dire est prouvé? Quoi!
il y a des femmes qui n'aiment ni la musique ni la peinture, et qui nous aiment! Il y
en a que n'émeut rien de ce qui est beau et
grand, de ce qui est fait pour être adoré :
l'art, la nature, le beau temps, le soleil, le
ciel étoilé, les fleurs émaillant la terre, et
qui nous aiment, et qui pleurent pour nous
et sur nous, et qui s'écrient de bonne foi,
quoiqu'il n'en soit rien, que sans nous la vie
leur serait odieuse! Qui expliquera une si
étrange anomalie : l'amour pour ce qui ne
mérite pas d'être aimé; l'amour d'un être
supérieur pour un être évidemment inférieur; l'amour de qui est fin, délicat, joli,
souple, élégant, avenant, plaisant, ravissant,
pour ce qui n'est rien de tout cela, pour ce

qui se fait presque un mérite d'être tout le contraire?

VII

Nous sommes à genoux devant les femmes; ce n'est pas assez, en vérité : c'est sous leurs pieds que nous devrions nous mettre tous. Car, enfin, leur bonté intrépide s'étend non seulement sur ceux qui la rendent excusable en quelque sorte, mais encore sur ceux qui ne la justifient d'aucune façon. Il n'est pas un homme, il n'est pas un magot, il n'est pas un de ceux qui traînent leur inutilité sur les boulevards de Paris et qui y apparaissent d'ordinaire le cigare à la bouche, les moustaches en croc, coiffés d'un chapeau trop cambré et précieusement enfermés dans un pardessus gris — avec l'air martial et vainqueur qui convient à des gens qui portent un vêtement de circonstance, il n'en est pas un qui ne puisse être aimé à son jour par ces anges, par ces sœurs de charité que rien ne rebute et qu'on appelle les plus jolies femmes de Paris.

Notre ami R... est, certes, bien que personne ne sache d'où il sort ni de quoi il vit, ce qu'on appelle un garçon très connu. Il est très laid, il répond assez exactement au signalement que je viens de vous donner ; il affecte de préférence les couleurs à la mode : on l'a vu blanc, bleu, rouge, vert ; il est gris aujourd'hui. Je ne lui fais aucun tort en ajoutant qu'il est très sot et que, de plus, il n'a aucune qualité ; eh bien, il est aimé par une femme charmante, par une assez grande dame qui passe pour avoir infiniment d'esprit.

Cela veut-il dire que les femmes d'esprit ont du goût pour les imbéciles ? Nullement.

Cela veut dire que l'esprit n'est décidément pour rien dans l'amour. La preuve, c'est qu'en amour celui qui aime le moins des deux est toujours celui qui a le plus d'esprit; que la femme la plus niaise, si elle n est pas amoureuse, a toujours plus d'esprit que l'homme qui l'aime, et réciproquement. A moins que cela ne veuille dire encore que, par une permission spéciale du ciel, toute femme amoureuse est une fée, que l'amour lui fait pousser dans la main une baguette de coudrier, et que le premier pauvre diable venu sur qui tombe cette baguette se change immédiatement, pour ses beaux yeux, en prince Charmant.

VIII

Toujours est-il qu'on doit en arriver à cette conclusion qu'on ne saurait aimer un homme sans le surfaire, qu'à cela l'amour s'entend à merveille, mais non l'esprit, dont l'état est de faire une juste part à chaque chose et à chacun, l'esprit qui est l'ennemi-né des points d'admiration et d'exclamation, lesquels forment, au contraire, le fond de la langue de l'amour.

Je n'entends certes par nier que les femmes de beaucoup d'esprit soient séduisantes; mon avis est, au contraire, qu'elles sont d'une séduction irrésistible. Je veux dire seulement que, s'il est difficile de ne pas aimer une femme d'esprit, il est plus difficile encore de l'aimer avec persévérance.

L'esprit, c'est tout de suite un familier, un camarade, un frère, une sœur. Or, on n'épouse ni son frère, ni sa sœur, ni même son camarade; et qu'est-ce que l'amour qui n'aurait pas l'air de pouvoir finir par un mariage ou par quelque chose d'approchant?

L'esprit éclaire, mais il n'échauffe pas. Mettre de l'esprit dans l'amour, c'est l'éclairer. Est-il bien certain que la lumière profite à l'amour? La vieille histoire de Psyché n'a pas cessé, que je sache, d'être d'un bon enseignement. Pourquoi faire un salon banal d'une bonne et mystérieuse chambre à coucher?

De quoi vit l'amour, en somme? D'intimes extases et de tendres secrets. Le vrai amoureux est un avare qui cache son trésor.

De quoi vit l'esprit, au contraire? D'éclat et de publicité. L'esprit qui ne se manifeste pas est un feu d'artifice qu'on ne tire pas. Que huit jours passent, il est éventé. On ne conserve pas longtemps les fusées, les pétards, les soleils, les saillies, les surprises. Cela moisit trop vite.

L'amour est supérieur à l'esprit, mais l'esprit est indépendant de l'amour. Unir

l'amour et l'esprit, c'est donc peut-être ten-
ter l'impossible. Unir l'esprit à l'esprit ne
l'est pas moins. L'union amoureuse de deux
êtres également spirituels offre le même
danger qu'offrait jadis la rencontre des au-
gures. Il arrive toujours un moment où ils
ne peuvent se regarder sans rire.

IX

Mais où brille l'esprit, où il a sa belle, où
il prend sa revanche, où il est absolument
nécessaire, c'est, je l'ai indiqué plus haut,
quand à l'amour a succédé l'indifférence.
S'il y a, en effet, au monde un spectacle la-
mentable, c'est la séparation de deux cœurs
que l'amour seul avait unis, et qui ne retrouvent pas dans l'antichambre, pour se
conduire courtoisement à la porte, l'esprit
qu'ils avaient dû y déposer en entrant.

Là commence le triomphe de la femme d'esprit sur la femme qui n'en a pas. Opérer la retraite en bon ordre si c'est elle qui perd la bataille ; sauver son drapeau, c'est-à-dire les apparences; faire bon visage pour cacher les avaries du cœur : voilà où elle excelle. Avec son esprit elle ne rallume pas le feu qui s'éteint, mais elle l'enterre décemment, et, s'il reste sous les cendres encore un peu chaudes quelques étincelles et qu'elle ait la fantaisie de les utiliser, elle parvient quelquefois à s'en faire assez d'honneur pour que le secret de sa défaite échappe à tous les yeux et que le nom du vaincu reste incertain pour la galerie.

Grâce à une stratégie habile, la femme d'esprit réussit même souvent à faire craindre à celui qui s'en va que la charmante amie qui se révèle à lui ne vaille cent fois mieux que le douteux amour pour lequel il l'abandonne, et il quitte avec regret ce qu'il possédait sans plaisir.

X

Si, au contraire, fatiguée, inconstante, coupable la première, c'est la femme d'esprit qui veut le divorce, c'est bien mieux encore, c'est miracle ; car, si la femme d'esprit a une supériorité, c'est certes par la façon péremptoire dont elle sait quitter son amant pour en prendre un autre.

Il n'est point de chaîne assez solide pour retenir une femme d'esprit pendant vingt-quatre heures auprès d'un homme dont elle a résolu de se séparer. Fût-elle enfermée avec lui dans une île déserte, elle trouverait moyen de rompre son ban et de s'échapper. J'ajoute qu'en partant elle aurait probablement, pour le repos de sa propre conscience, soin d'écrire sur le sable ou de jeter à son amant consterné quelque adieu touchant, comme celui-ci : « Dieu vous bénisse ! » ou : « Soyez heureux ! » Cette œuvre douloureuse, la séparation devenue nécessaire de deux êtres que de longs jours ont unis, cette œuvre où la femme qui n'a que du cœur s'épuise, où elle met des années, sa vie entière, où elle échoue, la femme qui n'a que de l'esprit met cinq minutes à l'opérer, et encore, comme on dit, l'ouvrage est bien fait.

Que j'en ai vu de pauvres garçons qui ne s'apercevaient qu'ils avaient été congédiés par cette perfide et malicieuse figure de rhétorique qu'on appelle une transition bien faite que quand, au bout d'un temps généralement très court, ils se trouvaient amenés tout doucement à la porte même du paradis, désormais fermé pour eux !

3

Et qu'on ne médise point de ce talent spé-
cial qu'ont les femmes d'esprit pour écon-
duire agréablement le passé pendant que le
présent entre par la fenêtre, s'il n'est déjà
dans la maison. Ce talent devrait exciter
notre admiration toujours, notre reconnaissance quelquefois, et jamais notre colère.

En effet, où l'amour n'est plus, il ne faut
rien laisser de ce qui a tenu essentiellement
à l'amour ; car, de tous les mensonges, le
plus hideux, le plus stérile d'ailleurs, dans
les cas où il n'est pas sublime, c'est le mensonge de l'amour, ce sont les apparences,
les actes de l'amour continuant après l'a-
mour disparu.

La passion peut le nier, mais l'expérience
l'affirme. Or, une femme d'esprit a toujours
un peu d'expérience. Quand donc, là où un
homme, là où la passion avec sa grosse voix
insulte et blasphème, la femme d'esprit se

contente de sourire, la femme d'esprit a
raison. Car le résultat de cet inflexible sou·
rire n'en est que plus prompt, et rien ne
saurait l'être assez pour l'honneur du passé.
Les honnêtes gens ne font point de funé-
railles publiques à leur amour. Un galant
homme n'a pas le droit de porter le deuil
de sa maîtresse.

La femme d'esprit le sait bien ; aussi,
voyez, tout lui est bon pour couvrir ce mort
d'un instant qu'on appelle un amoureux
congédié, tout, excepté ce qui pourrait res-
sembler à un linceul. Ce n'est point une
femme d'esprit qui scellerait dans un cer-
cueil de plomb le cœur de l'amant qu'elle
n'aime plus, elle n'oublie pas qu'il faut qu'il
puisse un jour ressusciter. Le moindre voile,
le plus léger tissu, le plus petit prétexte lui
suffit donc.

Et plus le prétexte est futile, plus il est

invraisemblable, plus il est transparent, meilleur il est. L'homme à qui l'on dit : « C'est une montagne qui nous sépare, » se croit obligé d'essayer de la gravir. Si on lui dit : « C'est un fétu; » que voulez-vous qu'il fasse? S'il est du monde et s'il a du monde, il prend sa canne et son chapeau, salue en se disant sagement qu'un fétu, c'est beaucoup dès que c'est assez, et s'en va. S'il est très amoureux, amoureux au point de faire quelque extravagance, il oublie son chapeau, il rentre chez lui nu-tête, fait ses malles, part pour Spa ou Baden, et revient trois mois après avec un chapeau neuf constater que, décidément, celui qu'il a laissé était bien passé de mode et ne valait pas la peine d'être repris ou regretté.

XI

Énumérer quelques-uns des prétextes derrière lesquels se retranchent, pour la forme, par politesse peut-être, les femmes d'esprit pour écraser le pauvre homme qu'elles appelaient avant-hier : « Mon cher ange, » sous ces deux horribles mots : « Soyons amis, » serait une vraie honte pour elles si la honte n'était pas tout entière pour nous qui ne leur épargnons pas la peine de s'en servir. C'est tout simplement une liste de lieux communs.

Écoutez-les.

— C'est le remords, remords d'autant plus irrésistible qu'il est soudain. On a revu son confesseur! (Beaucoup de femmes d'esprit vont à confesse. Il y a des confesseurs spé-

3.

ciaux pour les femmes d'esprit. Il y a des
confesseurs de femmes comme il y a des
médecins de femmes. Il en faut au moins
un dans chaque paroisse. On a remarqué
que ces confesseurs, qui sont généralement
des hommes distingués, bienveillants, spirituels, un peu plus mondains et un peu plus
lettrés que les prêtres ordinaires, faisaient
promptement leur chemin et devenaient
presque tous évêques, voire académiciens).
Le confesseur a parlé, Dieu avec lui. On
retourne à Dieu! et voilà Dieu lui-même
chargé de l'intérim! Devant un tel rival, il
n'y a pas d'affront!

— C'est le devoir, le sentiment du devoir,
qui s'est réveillé. (Il dormait si bien!) On a
lu la *Crise* de M. Octave Feuillet, on a été
voir jouer *Gabrielle* de M. Augier, et le
devoir, qui était élastique hier, qui était

en caoutchouc, est d'acier aujourd'hui.

— C'est le mari à qui on resonge, quoi qu'on fasse, qui redevient bon, hélas! bon comme du pain, bon à faire mourir de confusion la femme qui le trompe. Il est si confiant! « Ah! le tromper plus longtemps serait au-dessus de mes forces! » Et voilà la confiance du mari, qui lui a été si fatale depuis six semaines, qui combat aujourd'hui pour lui.

— C'est le monde, qu'on était si fière de pouvoir braver en face, ce monde dont on méprisait les jugements, et qui a fini par égratigner si bien, par si bien mordre dans l'ombre, qu'on en est toute meurtrie; ses attaques pourraient bientôt devenir publiques. Déjà deux portes se sont fermées. La vieille madame de C..., la femme la plus méchante et la plus respectée de Paris, va

donner un bal, tout le monde a reçu des
lettres d'invitation, rien n'est venu encore...

— C'est une confidente, une amie, une
personne sûre, qui cesse de l'être.

— C'est une belle-sœur qui n'aime guère
son frère, mais qui déteste la femme de son
frère, et qui, pour lui faire pièce, feint d'être
jalouse du renom de la famille; elle épie,
elle est sur la trace; il est peut-être déjà
trop tard...

— C'est une tante qui tient lieu de mère,
une tante de province qui s'éloigne et se
rapproche suivant le besoin qu'on en peut
avoir, une sorte de vieux baromètre commode et complaisant, qui marque le beau
fixe ou la tempête, à volonté.

— Ce sont les enfants, dont le pur sou-

venir devrait pourtant toujours être écarté,
dont le nom ne devrait jamais être invoqué,
parce qu'il n'aurait jamais dû être oublié,
ce sont les enfants qui grandissent, qui
commencent à regarder, à écouter, à comprendre !

— C'est jusqu'à une lettre anonyme,
qu'on s'est peut-être écrite à soi-même, ou
qu'on s'est fait écrire par une amie bien aise
de se mêler de ce qui ne la regardait pas,
de ce qui, peut-être, n'a point voulu assez
la regarder, une lettre où l'on se dénonce,
et qu'on adresse à son mari. Mais on l'a
miraculeusement interceptée. Grand Dieu !
on n'avait plus de sang dans les veines. Si
l'on ne s'était pas trouvée, par une grâce
du ciel (les femmes mettent volontiers le
ciel dans leurs petites affaires), chez le concierge au moment même où le facteur l'ap-

portait, c'en était fait ! « Mon mari rentrait.
Je n'ai eu que le temps de la fourrer dans
mon manchon ; il a dû s'apercevoir de mon
trouble : je balbutiais, je rougissais et je
serais bien embarrassée de redire ce que je
lui ai dit. Figurez-vous, mon ami, que,
pendant ce temps-là, le concierge regardait
comme regardent ces gens-là et que sa mau-
dite femme riait ! Quel supplice ! être à la
merci de pareils êtres ! »

— Ou bien l'on reçoit cette lettre : « Je
« suis folle. Vos lettres, vos chères lettres,
« elles ont disparu : on me les a enlevées
« En quelles mains sont-elles tombées? —
« C'est un ennemi, c'est mon mari. Fuyez.
« — Voyagez ; ne paraissez plus à l'hôtel
« — Seule, vous sachant hors de danger,
« — je serai plus forte. — Adieu, mon ami,
« ne craignez rien pour moi. »

Si vous avez du sang-froid, vous ne bougez pas. Six mois après, ou quinze jours, vos lettres se retrouvent par miracle, dans le tiroir où on les avait mises après avoir cacheté la lettre qui devait tant vous émouvoir, et on vous redemande l'échange de cette lettre contre celles qu'on a de vous. — Mais tout est rompu. On a eu trop peur. « Ah! que c'est dangereux d'écrire! On n'écrira de sa vie... »

— Je connais une femme qui écrivit un jour à son amant absent la lettre que voici. J'en rends le sens exact, sinon les termes mêmes; mais j'ajoute, à la décharge de la femme, que la lettre qu'on va lire fut écrite à une époque où il était assez à la mode d'être vert et de sembler toujours prêt à expirer : « Mon ami, mon ami, plaignez-
« moi. Georges vient d'arriver; mais dans

« quel état! Il crache le sang, il est poi-
« trinaire au dernier degré, il n'a pas six
« mois à vivre. Il m'a demandé en pleu-
« rant de l'aider à mourir. Oh! je suis bien
« malheureuse! » etc., etc.

Le reste de la lettre disait clairement :
Vous vous portez trop bien, vous êtes fort
comme un Turc, vous êtes gai comme un
pinson; vous avez presque des couleurs :
comment voulez-vous que je ne vous préfère pas un homme aussi funèbre que
M. Georges?

— Ou bien encore, mais ceci est moins
banal et plus pittoresque, c'est un ancien
amant... (beaucoup de femmes avouent un
ancien amant; cela est commode : premiè-
rement, parce que cela permet de sous-
entendre les autres; deuxièmement, parce
que la comparaison faite à propos entre cet

amant passé et l'amant du jour est un stimulant pour celui-ci), c'est un ancien amant, l'amant sacré, celui dont vous avez vu des cheveux, un portrait, dont on vous a même montré une lettre (vous avez peut-être pleuré en la lisant), c'est celui-là qui était parfait, celui — l'a-t-on jamais caché? — qu'on aime toujours au fond, l'amant type, l'amant modèle, le vrai mari enfin, le mari de l'âme, celui qu'on n'aurait jamais trompé assurément si on avait pu être sa femme, c'est cet amant phénix qui revient! (on ne dit pas s'il est déjà revenu dans des circonstances pareilles); ses droits sont antérieurs, ils sont supérieurs, ils sont imprescriptibles. « Respectons-les, mon ami. Adieu! adieu! »

— Bien entendu, on ne parle jamais du nouveau qui arrive, de M***, qu'on ne pouvait pas souffrir, et dont le singulier mari, qu'on a toujours, s'est affolé quoi qu'on fît, qu'il ne peut plus quitter, qu'il met enfin d'autorité aux places mêmes qu'on vous réservait d'ordinaire.

— On ne parle pas, non plus, de ce petit jeune homme, de cet écolier, de cet ex-muet, de ce fils d'une bonne amie, de ce petit cousin de province qu'on allait voir au collège, qu'on faisait sortir aux congés, qu'on a presque élevé, pour qui on a été une mère, qu'on traite en sœur en public, parce qu'il a grandi, et en particulier en maîtresse, parce qu'il faut bien compléter son éducation, et aussi parce qu'il est devenu un ravissant jeune homme.

— On ne parle, en un mot, de rien de ce qui est la vérité. Et le beau de l'affaire, c'est que, de part et d'autre, on ne s'en comprend que mieux.

XII

Mais c'est horrible, direz-vous, c'est de l'infamie, c'est monstrueux, c'est de la corruption !

Oui et non.

Oui, — si vous êtes une bonne et digne mère de famille, tout entière, je dis tout entière, à vos devoirs.

Oui, — si vous avez le droit de dire : oui, c'est-à-dire si vous êtes vous-même sans péché.

Non, — si vous êtes une femme du monde, vivant dans le monde, agissant et pensant avec le monde.

Non, — si vous êtes un homme du

monde, si vous avez eu la bonne fortune de retrouver, après les quelques mois de séparation qui suffisent d'ordinaire à l'apaisement des petites rancunes de l'amour-propre et à la guérison des blessures du cœur, rarement mortelles, une amie parfaite à la place d'une maîtresse qui ne l'était pas.

Non, — si vous avez vous-même l'esprit de reconnaître que vous avez gagné au change.

Non encore, — si vous êtes un moraliste sensé et par conséquent indulgent, et si vous avez le bon goût de ne point crier que la fin du monde est proche parce que le monde est ce qu'il a toujours été, c'est-à-dire imparfait dans ses détails, et qu'en approchant la loupe de l'analyse de ce gros globe, on est obligé de confesser qu'il a des taches, ni plus ni moins que le soleil.

Non, enfin, — parce qu'à un certain point

de vue, ce petit génie que dépense une femme à faire le métier difficile de femme du monde, de femme d'esprit, de femme agréable, de femme légère si vous le voulez, ne mérite point tant d'anathèmes.

A la place de ces comédies intimes aime-riez-vous mieux des tragédies, des drames, ou même des mélodrames, des coups de poignard, du poison et des échafauds, d'affreux scandales enfin ?

XIII

Et, d'ailleurs, comment voulez-vous donc que finissent les choses qui n'auraient pas dû commencer? Si ces pièces immorales ne méritent point un dénoûment sanglant, elles ne méritent pas davantage sans doute un dénoûment heureux. Voudriez-vous peut-être que ce qui repose sur une faute s'y pût établir solidement comme sur une base légitime? Non, sans doute. Vous le voudriez, d'ailleurs, qu'il n'en serait rien. Il y a de bons êtres, hors de la voie, qui se sont proposé de n'y semer que de bon grain! Leur récolte, pourtant, a été mauvaise. Tôt ou tard ils se sont séparés, las, découragés, vaincus, contristés, en voyant que l'ivraie seule poussait obstinément à la place du pur froment qu'ils avaient confié à ce terrain aride et désolé que la société, trop implacable peut-être, car elle n'est pas parfaite elle-même, laisse sous les pieds de ceux qui croient pouvoir vivre en dehors d'elle.

FIN DE LA PREMIÈRE PARTIE

DEUXIÈME PARTIE

LES OPINIONS

DE MON AMI JACQUES

DE LA BEAUTÉ ET DE LA LAIDEUR
DANS LEURS RAPPORTS AVEC L'ESPRIT

Quelquefois mon ami Jacques devenait sentencieux. Alors il ne procédait plus avec suite. Ses boutades cessaient de s'enchaîner et ne se déduisaient plus, en apparence du moins. Il les coupait par une digression, par une pause ou par un silence, et il semblait qu'il ne se remît à parler qu'après avoir fait en lui-même et dans son esprit les transitions qui manquaient à son discours.

Voici ce que nous avons recueilli de ces propos à bâtons rompus.

I

On peut tout dire à une femme d'esprit quand on sait parler et se taire.

II

Les femmes ont généralement de l'esprit. Il est assez rare d'en trouver qui en soient absolument dépourvues. Sur ce petit nombre, très peu s'en rendent compte, heureusement. Comme il est dans la nature des femmes de ne savoir point se passer de ce qui leur manque, celles-là essayent d'en avoir; et, de simples bêtes qu'elles sont, elles passent sottes, et deviennent ainsi insupportables.

III

Une jolie femme n'est jamais bête pour les hommes, elle a toujours le premier esprit qu'ils demandent à une femme : celui d'être jolie. Il faudrait qu'une bêtise fût plus grosse qu'une maison pour qu'un homme la vît sortir d'une jolie bouche, éclairée de jolies dents, entre deux lèvres bien roses.

IV

Les hommes donnent, prêtent, ou supposent tout à une jolie femme, même l'esprit qu'elle n'a pas. Ils ont raison : rien n'est plus choquant que la bêtise avérée d'une jolie figure.

V

Pour être parfaite, la beauté ne doit pas
être seulement extérieure, il faut aussi
qu'elle soit intérieure. Il n'y a peut-être de
véritablement belles formes que celles qui
recouvrent une belle âme.

VI

On peut être une très jolie femme sans
avoir la moindre beauté.

VII

Il y a des beautés insupportables, quoique
incontestables, et qui, loin de vous attirer,
vous feraient fuir au bout du monde. Ce
sont celles qu'aucune intelligence, qu'aucun

sentiment, qu'aucune passion n'éclaire et n'éclairera jamais. Il y a presque toujours une ou deux de ces beautés dans un salon. Elles y passent et y repassent avec des mouvements d'une grâce monotone et régulière, si constamment la même, qu'elles finissent par vous prendre sur les nerfs. Elles sont en émail, en porcelaine, je ne dirai pas en cire, la cire ayant sur elle un avantage, celui de pouvoir fondre. Elles ont de ces beaux yeux bêtes qu'on a l'air d'avoir achetés chez les Turcs. On aimerait mieux leur portrait que leur personne. On pense, en les voyant, à des alexandrins sans défaut, mais sans saveur, ou au dedans des coquillages bien polis. C'est de la nacre, c'est de la soie peut-être, c'est quelque chose, mais ce n'est pas quelqu'un. On se fatigue, en un mot, à les voir, comme on se fatigue à regarder nager des cygnes. C'est très beau pendant cinq

minutes ; mais, au fond, les cinq minutes
passées, on se dit qu'on aime mieux les oies!
qu'on aime mieux les canards!! parce que
c'est plus pittoresque et plus vivant.

On devrait dire : *Bête comme un cygne.*
Il faut, en effet, qu'un oiseau soit bien bête
pour être si impatientant, étant si beau.

VIII

Après cette beauté-là, celle dont il faut le
plus se défier, c'est celle qu'on appelle la
beauté du diable.

Je me suis demandé, sans pouvoir me
répondre d'une façon satisfaisante, pourquoi
on donne ce nom à ce qui tient lieu de
beauté aux jeunes femmes qui ne sont pas
belles.

Cela veut-il dire que le diable, c'est-à-dire
le mal, sans être jamais beau, est toujours

jeune? Ou est-ce un avertissement de ne point se laisser prendre par cette beauté qui n'en est pas une, et une façon de faire remarquer qu'elle est fausse, qu'elle est trompeuse comme tout ce qui vient du malin esprit?

IX

Et puisque le nom du diable vient d'être prononcé, bien que le diable ne soit pas dans mon sujet, pourquoi le diable a-t-il des cornes? Est-ce que la première femme n'aurait pas trompé seulement son premier mari?

X

Une femme d'esprit a grand'peine à être toujours et tout à fait bonne; quand elle y réussit, elle a un grand mérite.

XI

Un homme d'esprit ne montre jamais son cœur tout entier. Une femme d'esprit en montre volontiers un peu plus qu'elle n'en a.

XII

Trop d'esprit peut faire faire à une femme bien des sottises. Trop de cœur ne peut guère lui faire faire que quelques-unes de ces adorables bêtises qui font d'une femme ce qu'on appelle une bête du bon Dieu.

XIII

Une femme a toujours plus d'esprit que son mari quand son mari n'a d'amis que ceux qu'elle lui donne, ou qu'elle lui permet d'avoir.

XIV

Il y a des hommes à qui il a suffi, pour n'être pas bêtes, de prendre pour femme une femme d'esprit, et dont on ne découvrira la nullité que quand ils seront veufs, s'ils font la sottise de ne pas précéder leur femme dans la tombe. Les Égéries sont moins rares qu'on ne croit. C'est un bon second qu'une brave et intelligente femme dans la vie, et il est des hommes haut placés qui oublient trop que certaines étoffes ne doivent leur prix qu'à leur doublure.

XV

On a grand tort de s'étonner que les maris aiment presque toujours les amants de leurs femmes. Quoi de plus complaisant, de plus officieux, de plus prêt à tout, de

5.

plus servile, de plus plat, d'ordinaire, que l'amant d'une femme dans ses rapports avec le mari qu'il trompe?

Ce dont il faut s'étonner, ce n'est donc pas du rôle que joue le mari, mais de celui que joue l'amant.

XVI

Il y a des femmes qui poussent le paradoxe de l'esprit jusqu'à prendre systématiquement pour amants des hommes laids, des hommes impossibles. « Ne dites pas de mal des monstres, me disait une jolie femme; ils ont du bon; ils sont reconnaissants. Rappelez-vous l'histoire de la Belle et la Bête. Quant on peut appeler son amant Azor sans le fâcher, croyez-moi, il ne lui manque rien. »

Cette jolie femme défendait bien une vilaine cause; la beauté ne doit pas s'unir à la laideur. La laideur est contagieuse et se gagne, d'ailleurs, plus qu'on ne croit.

« Je n'irais pas chercher une orange saine dans un panier d'oranges gâtées, disait mon ami Jean. Je ne boirais pas dans tous les verres, et je sais telle jolie personne dont le mari est si laid, que je ne voudrais pas être son associé. »

XVII

Une femme d'esprit oublie toujours le mal qu'elle a fait, ou mieux, elle s'arrange pour n'y plus songer. « Je ne l'ai pas oublié, disait madame X... de M. A..., qui avait falli mourir de son abandon; seulement, je n'ai plus pensé à lui. »

Il n'y avait qu'une chose qu'elle ne lui pardonnait pas : de loin en loin il lui arrivait de rêver de lui....

XVIII

Tu sors de chez ta maîtresse, qui t'adore !
retournes-y. C'est un autre qu'elle aime ; et
pourquoi pas ? tu viens de rencontrer madame X..., et tu] t'es retourné trois fois
dans l'espoir qu'elle en ferait autant.

XIX

Il est probable que l'esprit, comme on
l'entend dans le monde, n'est pas tout à
fait le véritable esprit.

Un homme d'esprit proprement dit pourrait se trouver très à court dans un salon.
L'esprit qu'il faut y avoir est quelque chose
qui n'est peut-être pas plus de l'esprit que
les variations d'un instrumentiste quelconque ne sont de la vraie musique. Il faut à

l'esprit, un terrain, une étendue, une liberté, un fond, une raison d'être que le monde ne peut lui donner.

Le monde ne peut fournir à l'esprit que des prétextes, et lui permettre que des à peu près.

Le vrai esprit ne serait pas plus à sa place dans un salon que la voix de Lablache dans un boudoir.

Dans un salon, on ne doit que causer ; y parler serait pédantesque. Pour bien causer dans un salon, il convient de ne pas avoir ou de ne pas montrer plus de voix qu'il n'en faut pour chanter une romance ou une chansonnette.

Le chanteur de romance et de chanson-nette, le chanteur de salon, sûr qu'il est de ne point s'oublier et de ne point se laisser aller à chanter un grand air qui dépasserait ses moyens, y a donc un avantage réel sur le chanteur plus complet : il ne craint pas de casser les vitres.

Avoir l'esprit du monde, ou plutôt avoir de l'esprit selon le monde, c'est posséder un art d'agrément, c'est avoir ce qu'on nomme un talent d'amateur. C'est un avantage, cela ne va pas jusqu'à être une qualité, moins encore un mérite.

L'esprit du monde n'est pas inutile à un homme qui voit le monde, il est indispensable à une femme du monde. Le monde, avec ses préjugés, ses jugements, ses petites gloires et ses grandes défaites, a pour une femme du monde une importance qu'il ne saurait avoir pour un homme. Il est peu d'hommes, à notre époque, assez à court de goûts, de passions ou d'occupations sérieuses, pour qu'on puisse dire d'eux qu'ils ne sont que des gens du monde. Il est un grand nombre de femmes, au contraire, qui sont par le fait condamnées à n'être que des femmes du monde. Le monde étant le seul théâtre qu'on leur laisse, elles trouvent le moyen de tout y jouer, depuis le proverbe jusqu'à la tragédie.

De là la distinction qu'il convient de faire, pour être juste, entre la femme du monde et l'homme du monde, entre l'esprit qu'il faut à l'une et celui qui peut suffire à l'autre pour briller dans le monde.

Les femmes qui possèdent à un degré remarquable ce qu'on nomme l'esprit du monde sont souvent des femmes supérieures. Parmi les hommes qu'on cite pour posséder ce même esprit, il en est, au contraire, de fort médiocres ; d'où il suit qu'un homme peut montrer de l'esprit dans le monde sans en avoir, et en manquer sans en être dépourvu.

XX

Là où il y a un mot de trop, il n'y a plus
d'esprit. On parle beaucoup de l'esprit de
certaines femmes de théâtre, de celles surtout pour qui le théâtre n'est qu'un prétexte
et non une vocation. On a tort. L'esprit de
ces femmes, qu'il faut se garder de confondre avec les artistes sérieuses dont s'honore
notre scène, est rarement de l'esprit.

Il se compose presque uniquement de ces
mots de trop que les femmes vraiment spirituelles ne prononcent jamais, et commence
d'ordinaire là où le goût finit. Le véritable
esprit consisterait peut-être, dans la situation de celles de ces femmes qui ont de l'intelligence, à ne pas avoir ce qu'on veut bien
appeler leur esprit. Elles se distingueraient
mieux de leurs pareilles en leur abandon-

nant le monopole de ces gros mots, qui ne sont presque jamais — des bons mots.

Le procédé de cet esprit est vulgaire. Ce n'est point un secret, pas même une recette. Il est, hélas! à la disposition de la dernière venue. Il consiste à dire, étant femme, des choses qui étonneraient déjà et choqueraient un peu dans la bouche d'un homme. Si j'en parle ici, c'est qu'il y a dans le monde quelques femmes qui, jalouses sans doute du bruit que font ces femmes qui ne sont pas du monde, s'évertuent à marcher sur leurs traces, font les hommes à leur façon, et parviennent par leurs discours à la gloire, enviable, à ce qu'il paraît, d'être les rivales de mesdemoiselles X... et C°. Qu'elles y prennent garde! elles sont déjà de bons garçons et osent s'en vanter; un pas de plus dans cette voie, et elles cesseront tout à fait d'être des femmes. Elles trouvent

6

joli de prendre nos mauvais propos, de
boire un peu trop, comme nous, de jurer
quelquefois, je n'invente pas, de fumer par
orgueil, et je dis qu'il est bien placé, cet
orgueil! Que ne nous prennent-elles aussi
nos grosses voix pendant qu'elles y sont!

Il est bien arrivé à quelques-unes, je
pense, de s'habiller en homme, ne fût-ce
qu'une fois, par une fantaisie concevable.
Je le leur demande sérieusement et à elles-
mêmes : celles qui n'étaient pas exception-
nellement mal faites pour la circonstance
gagnaient-elles quelque chose à être au
physique ce ridicule petit bonhomme que
devient une jolie femme, voire une très
grande dame sous notre chapeau et avec
nos pantalons? Non, sans doute. Eh bien,
moralement, nos propos de garçon, nos
conversations d'écurie, de café, de cercle, de
club et de coulisses, ne leur vont pas mieux

que nos chapeaux ronds et nos culottes, —
ils leur vont plus mal.

XXI

Après cela, vous me direz que le mot de
trop est bien tentant, que le métier de
femme et d'homme d'esprit serait un dur
métier si les gens d'esprit des deux sexes
n'avaient pas, comme tout le monde, le
droit de n'avoir pas le sens commun et de
dire et de faire de temps en temps quelque
sottise.

A quoi je réponds que je suis bien de
votre avis, qu'on n'a jamais assez d'esprit
quand on n'a pas un peu plus que de l'esprit, c'est-à-dire assez d'esprit pour pouvoir
au besoin s'en passer, en manquer et n'en
point trop souffrir.

XXII

Quand on parle des femmes d'esprit, on
en arrive forcément à parler des laides.
Une femme laide peut être méchante, elle
n'est jamais tout à fait bête.

XXIII

Il n'est pas indispensable qu'une femme
soit bossue pour avoir de l'esprit, comme
on dit qu'en ont les bossues. Il suffit qu'elle
soit laide. La laideur, le manque de beauté,
ont une telle influence sur la vie d'une
femme du monde, qu'il est rare que ce
défaut ne développe pas chez elle les qualités d'esprit et de malice qui distinguent les
bossues. « Je vous affirme que, étant jeune,
« j'étais fort bête, » me disait un jour une

femme qui n'était plus ni jeune ni bête;
« j'étais presque jolie. J'ai eu la maladresse
« d'avoir à dix-huit ans la petite vérole, qui
« m'a fait, à la place des yeux passables
« que j'avais, les petits yeux impossibles
« que voici. Pour comble de disgrâce, à
« dix-neuf ans, il me poussa des mousta-
« ches. Je commençai par en rire, je finis
« par en pleurer; car ces hideuses mousta-
« ches, au lieu de rester à l'état d'ombre et
« de duvet, prirent bientôt des proportions
« formidables. Mon esprit dut naître et
« grandir avec elles; il fallait bien les défen-
« dre. Et ce n'était pas facile. Un rasoir n'y
« eût pas suffi. »

Sa langue, plus affilée qu'un rasoir, y
suffisait, et de reste.

XXIV

Je viens de dire un mot des bossues, je ne voudrais pas qu'elles le prissent en mauvaise part et qu'elles pussent s'imaginer que je leur préfère les laides. Non. Une bossue peut être jolie. Une laide vraiment laide ne saurait l'être. Je ne sais rien de doux et de touchant comme un joli visage sur un corps difforme. Cela est triste comme la vue d'un chef-d'œuvre imparfait, inachevé ou gâté par un accident ; mais c'est mille fois plus digne d'intérêt qu'une œuvre plate et médiocre dans toutes ses parties. J'ai souvent rencontré de très jolies têtes sur des épaules inégales, et je sais, d'ailleurs, par ce que m'en a dit un très aimable homme de mes amis, qu'une bossue peut être une femme charmante.

Cet ami, un des êtres les plus difficiles à fixer que je sache, aimait bravement une fort jolie créature à qui il ne manquait, pour être parfaite, que d'être droite. Je dois dire même qu'elle avait entre les deux épaules une bosse si nettement prononcée, qu'elle n'avait jamais tenté de la dissimuler. C'eût été impossible !

Étonné de cette constance surnaturelle, je me risquai à demander à mon ami C*** à quoi il fallait l'attribuer, et si, par impossible, ce ne serait pas à la bosse même de celle qu'il aimait et à quelque charme secret qu'il y aurait trouvé.

— Sa bosse? me répondit-il de l'air le plus étonné; est-ce qu'elle a une bosse?

Six mois après ce dialogue, je revis mon ami C***.

— Eh bien, lui dis-je, et madame Z... ! où en êtes-vous?

— C'est fini, mon cher ami, me dit-il. J'ai vu sa bosse...

Axiome : Il ne faut jamais chercher la bosse de celle qu'on aime. Fût-elle droite comme un peuplier, on la trouverait.

Qui est-ce qui n'a pas sa bosse ?

XXV

Je ne suis pas faiseuse de corsets, mais je ne crois pas me tromper en disant que le nombre des bossues est infiniment plus grand qu'on ne pense.

XXVI

Une femme, voire une femme de beaucoup d'esprit, ne se croit jamais tout à fait laide. Il est cependant probable que quelques-unes le sont, hélas ! irrémissiblement. J'en ai connu qui n'avaient évidemment rien pour faire oublier leur laideur que leur bonté ou leur malice, et qui au lieu d'y employer l'une ou l'autre allaient chercher *midi à quatorze heures*, c'est-à-dire ce qu'elles n'avaient pas, pour tâcher de se racheter, même matériellement, d'être laides.

Ce qu'elles avaient de moins disgracié dans leur personne, le détail infime oublié par la laideur qui d'abord n'était pour elles qu'une petite fiche de consolation naïve, finissait par leur devenir un sujet d'orgueil si exagéré, qu'elles triomphaient sur ce détail comme n'eût jamais osé le faire une femme accomplie, pour sa beauté tout entière. Elles en faisaient montre quand il était montrable, et même un peu quand il ne l'était qu'à demi, avec la fatigante opiniâtreté qu'ont les enfants à vous faire admirer quelques débris de jouet, objet de leur prédilection.

Cela explique comment les femmes laides qui croient avoir de jolies épaules n'ont jamais froid, et comment elles portent des robes découvertes, par tous les temps et partout.

— De même, celles qui ont des bras passables en arrivent à ne plus savoir qu'il y a des manches. Pour elles, la mode est toujours de faire voir qu'on a de beaux bras.

— Celles qui ont de jolies mains passent leur vie à se déganter. Les plus résolues mettent bravement leurs gants en lambeaux en entrant dans un salon. Leurs gants sont toujours détestables. Elles jouent alors tout à leur aise de leurs dix doigts, comme des branches d'un éventail. Ces mains chargées de bagues, qu'il faut montrer, sont toujours en lumière et miroitent à l'œil comme les boules d'un jongleur indien. On ne peut se reposer de les voir qu'en fermant les yeux.

— Celles qui ont un joli pied le fourrent partout. Il faut qu'on le remarque, dût-on l'écraser. Je sais un de ces jolis pieds de laide, qui, furieux de se voir inaperçu, s'était, à la lettre, jeté au milieu des flammes. Celle à qui il appartenait ne l'en retira que quand chacun se fut mis à crier qu'il allait brûler. Il fallut l'éteindre. Son héroïque maîtresse n'en eut pas le démenti; elle persista à dire que ce pauvre petit diable de pied qui sentait déjà le roussi était un vrai glaçon.

— Je sais une pauvre femme laide, bien bonne et bien charmante, qui n'avait plus de cheveux ; mais elle en avait eu, et de superbes, et se croyait par suite le droit d'en avoir encore. Elle avait recueilli, un à un, je crois, ces précieux cheveux, sa seule beauté, à mesure qu'ils l'abandonnaient, les ingrats! et de ces cheveux reunis elle s'était fait faire une perruque, pas trop bien faite, dont elle trouvait encore le moyen, tant elle avait le caractère heureux, d'être fière. « Ce sont mes cheveux! » disait-elle. Je suis bien sûr qu'elle mourra, fût-ce à cent ans, avec ses beaux cheveux noirs sur la tête.

En tombant prématurément, ces cheveux savaient peut-être ce qu'ils faisaient. Ils tombaient pour ne point blanchir et garder ainsi leur éternel printemps.

— Quand la beauté des femmes laides est de celles qui ne peuvent guère se montrer, elles finissent toujours par vous faire savoir qu'elle existe cependant. Vous vous promenez aux Tuileries, c'est tout près du Musée des Antiques, et elles n'ont de cesse que quand elles vous ont donné à entendre qu'elles seraient de belles statues si elles pouvaient perdre la tête. Heureusement que les têtes ne se perdent pas toutes seules.

Je citerai, à l'appui de ce que je viens de dire, une réponse un peu vive que fit à une femme très jolie, à qui sa seule beauté avait valu un riche mariage, une femme assez laide et de beaucoup d'esprit, qui attendait encore un mari : « Si je pouvais mettre sur mes épaules ce que je suis obligée de cacher, je serais plus riche que vous, madame. »

Ici, mon ami Jacques s'arrêta. « Ces choses-là, dit-il, ne se disent ordinairement qu'entre femmes ; je vous demande pardon,

mesdames, de les avoir dites devant ces
messieurs. »

Puis il reprit ainsi :

XXVII

Dans les femmes laides et sottes, cette
beauté de détail n'est souvent qu'une disgrâce de plus. C'est pour elles le prétexte de
regretter et d'oublier tout à la fois ce qui
leur manque, et de cumuler ainsi les défauts
des jolies femmes avec ceux des femmes qui
ne le sont pas. Cela leur ajoute la prétention.
Rien n'est plus coquet qu'une femme laide
qui n'a pas sincèrement donné sa démission.
Rien n'a, il faut le dire, la coquetterie plus
malheureuse. La plupart des femmes laides
manquent de goût ; je parle au point de vue
de la toilette. Presque toutes, au lieu de

chercher pour leur laideur un fond modeste
sur lequel elle ne ressorte pas, lui cherchent
un cadre criard qui attire les yeux et la mette
en saillie. Quand il y a un chapeau extra-
vagant chez Baudrand, une étoffe impossible
chez Delille, un châle fait pour servir d'é-
tendard à une armée de sauvages chez Ga-
gelin, soyez sûr que c'est sur la tête ou sur
les épaules d'une femme laide que vous les
retrouverez. La plupart des femmes laides
s'habillent comme les négresses : elles aiment le rouge, les couleurs discordantes, les
assemblages impossibles. Il semble qu'il soit
plus facile à la beauté d'être modeste qu'à
la laideur. Il est vrai que c'est plus que de la
modestie qu'on demande à la laideur, puisque c'est de l'humilité.

Si une femme laide savait ce qu'elle peut
gagner à être laide tout bonnement et simplement, à ne pas agiter, à ne pas secouer

sa laideur, elle se résignerait à n'être pas jolie.

XXVIII

Si spirituelle que soit une femme laide, elle ne l'est jamais assez pour prendre son parti de sa laideur, et aucune ne refuserait de troquer tout son esprit, c'est-à-dire un avantage durable, contre quelques années de beauté éphémère.

Il faut donc toujours se défier un peu de la résignation d'une femme laide ; elle n'abdique jamais complètement, et triche toujours, même sans s'en rendre compte, dans l'espoir de regagner, à force d'adresse, la partie que le manque d'atouts naturels doit lui faire perdre.

XXIX

A quarante ans, une femme vaudrait-elle mieux si elle avait toujours été laide ? Comme esprit, c'est probable ; mais, comme cœur, c'est douteux. Quoi qu'en disent les optimistes, le bien sort rarement du mal.

XXX

La laideur d'une femme est comme la tache du péché originel que l'eau de son baptême n'aurait pu laver et qui serait restée sur sa figure. Elle ne peut s'en racheter que par la vertu et la bonté; le vice laid est deux fois hideux. C'est la laideur de l'âme ajoutée à celle du corps.

Par contre, une femme laide et bonne est un ange qu'on devrait béatifier. Il y a dans un roman d'Eugène Sue, *la Famille Jouffroy*, il y a une certaine vieille fille, laide et sèche, la tante Prudence, qui est la réalisation la plus complète de la femme laide, spirituelle et parfaite. Elle a un vieil amour

si bizarre, si charmant, si burlesque, si touchant, pour un cousin qui est à côté d'elle
dans ce livre, que, comme ce cousin, on l'é-
pouserait à la dernière page plutôt que de
ne rien faire pour elle.

XXXI

Chacun a pu remarquer que la pruderie
va très souvent de compagnie avec la laideur. Ces deux défauts devraient pourtant
s'exclure. La vertu d'une femme laide ne
commence pas, en effet, où commence celle
d'une jolie femme; elle n'a pas le droit de
crier si vite qu'on l'outrage, et serait ridicule de se défendre avant d'être sérieusement attaquée. Elle doit se garder de préju-
ger, de prévenir les attaques. Elle ne peut
que les repousser ou les détourner. C'est
une mesure que les pauvres femmes qui
manquent de beauté n'ont pas toujours. Je

trouvai un jour un de mes amis fort embar-
rassé devant une femme maussade et laide
que venait, pour ses péchés, d'épouser un
de ses camarades de collège. Le défaut de
mon ami n'était pas d'être galant, d'ordinaire. Il crut pouvoir l'être, et devoir l'être,
par exception, envers la femme de cet ami
d'enfance. La pauvre femme lui paraissait
si peu faite pour attirer ces prévenances
qu'on réserve d'ordinaire pour les femmes
dont l'abord est agréable, qu'il pensa que
les camarades de son mari devaient faire un
effort en faveur de celle-ci. Cet effort, il le
fit. Il avait reçu, un matin, du jeune couple
une invitation à dîner et l'offre d'une place
au spectacle pour le lendemain, et ne pouvait accepter ni l'une ni l'autre parce qu'il
était engagé autre part. Il alla porter lui-
même ses excuses à la jeune femme, joignit
à ces excuses un bouquet, et crut pouvoir à

cette occasion lui baiser respectueusement la main. Cette brave dame poussa des cris d'aigle. Le mari rentra sur ces entrefaites, et eut beaucoup de peine à persuader à sa trop vertueuse épouse que son ami n'avait pas plus songé à l'offenser que le Grand Turc.

Ce fut le dernier bouquet que donna mon ami Jean, je crois que ce fut aussi le premier.

XXXII

Quoi qu'en aient dit Balzac et la chanson, il y a un âge où la laideur passe comme le reste : c'est l'âge où les femmes qui ont été jolies cessent de l'être et où celles qui ont été laides commencent à oser dire qu'elles ont été jolies.

Bien peu ont le courage de se refuser cette innocente satisfaction quand la quarantaine leur arrive; semblables en cela aux chauves qui, s'il fallait les croire, seraient toujours les gens *qui ont eu le plus de cheveux.*

XXXIII

Il y a des femmes qui peuvent vieillir impunément. Il semble que le temps ne puisse que les transfigurer et que la pureté de leur âme resplendisse d'un éclat plus doux encore, dans leurs dernières années, sur leur calme et beau visage. Jeunes, elles n'étaient que belles et dignes d'hommages; vieilles, elles apparaissent peu à peu dans une auréole de majesté, et leur aspect commande aux plus légers le respect et la vénération.

Mais il en est d'autres pour qui la vieillesse est une sorte de laideur relative qui amène de singuliers changements dans leur

cœur ou dans leur esprit. Suivant qu'elles
savent ou ne savent pas s'accommoder de ce
nouvel état, il n'est pas rare de voir devenir
méchantes avec l'âge des femmes qui ne
l'avaient jamais été, et spirituelles des femmes qui, s'étant contentées jusque-là d'être
jolies, n'avaient jamais songé à avoir de
l'esprit.

XXXIV

Une Parisienne a bien du mal à se déci-
der à être tout à fait laide, et il faut qu'elle
soit bien maladroite pour y parvenir.

XXXV

Il y a des femmes laides qui semblent
venues au monde pour être laides, et n'avoir
jamais pensé qu'elles eussent pu ne pas
l'être. Ce sont les meilleures. Celles-là seules

sont exemptes d'envie et de regret. Si elles n'ont pas le douteux avantage de pouvoir devenir des femmes courtisées et légères, trompant un peu tout le monde et se trompant elles-mêmes, elles sont très propres à être de bonnes sœurs, des tantes parfaites, des amies dévouées, voire des mères exquises, et finissent, à force de se faire respecter, par se faire adorer.

Il en est d'autres, au contraire, pour qui la laideur a été comme un accident hors de toute prévision, qui paraissent avoir rapporté, d'une existence antérieure, le souvenir certain qu'elles ont été jolies, et être nées avec l'idée préconçue qu'elles ne pouvaient manquer de l'être encore en ce monde. On dirait que celles-là ont été trompées par le destin, que leur laideur est un malentendu, que leur âme, faite pour un corps charmant, s'est égarée par erreur dans un corps qui n'était point celui auquel elles étaient en droit de prétendre, et qu'elles découvrent ainsi chaque jour avec une nouvelle et plus cruelle surprise que leur juste attente a été déçue. Elles se posent avec un naturel parfait en femmes qu'aurait frappées une iniquité sans égale, explicable s'il s'agissait de toute autre, inexplicable vis-à-vis d'elles. Ce sont des princesses à qui le sort aveugle a enlevé par mégarde leur royaume, des enfants à qui le sort barbare a ravi leur patrimoine.

Pour celles-là, le spectacle, la vue de la beauté est en même temps un besoin et un tourment. Rien ne les occupe, si ce n'est ce qui ne devrait occuper que des femmes aimées et jolies. Elles sont tout âme, tout cœur, tout passion, et finissent par devenir de si fortes théoriciennes dans les choses qui touchent à l'amour, qu'on se demande comment l'intuition seule peut ainsi suppléer à la pratique, et si quelque fée trop bienfaisante n'a pas donné mystérieusement à ces créatures, en apparence disgraciées, le droit d'apparaître de temps en temps sous d'autres traits que les leurs pour les mettre à même de prendre ainsi leur part des joies de ce monde.

Ces femmes-là s'entourent ordinairement de quelques jolies femmes, qu'elles choisissent avec une rare intelligence. Celles qui conviennent à leurs projets ne sont pas ces beautés accomplies et souveraines qui, n'ayant pour vaincre qu'à se montrer, n'ont besoin de personne. Ce sont, au contraire, ces beautés un peu contestées, sinon tout à fait contestables, auxquelles il manque quelque chose, et que l'on peut, quand on connaît leurs secrets, servir ou desservir suivant l'occasion.

Parmi ces jolies femmes, celle à laquelle elles s'attachent plus spécialement, c'est souvent la plus faible, la plus facile à conduire. C'est d'ordinaire une ingénue qu'elles ont soin de présenter partout comme une future Célimène. Une fois leur préférence établie, elles prennent fait et cause pour toutes les qualités visibles et non visibles de l'objet de cette préférence. Elles proclament partout que leur amie est parfaite, s'en font hautement le champion, s'associent publiquement et quelquefois courageusement à elle, la défendent envers et contre tous, répondent aux calomnies par des cantiques, la commanditent de louanges sans fin, la chaperonnent de leur crédit, l'aident, en un mot, par tous les moyens possibles, et font, de cette beauté d'une autre, à force d'intimité, quelque chose qui finit par devenir pour elles-mêmes une sorte de copro-

priété; si bien qu'encore un peu et elles se
croiraient en droit de demander à être,
sinon de moitié, au moins en tiers dans
tout ce qui arrive à leur trop confiante
amie.

Elles trouvent un charme douloureux,
mais puissant, mais irrésistible, à être pour
quelque chose dans les effets produits par
cette beauté d'une autre. Rien de plus
curieux à observer que l'attention à la fois
inquiète et patiente avec laquelle la femme
laide se fait le témoin, le confident, le com-
plice, le complaisant d'abord, et puis bientôt l'inquisiteur impitoyable et le tyran de la
jolie femme qui a commis la faute de se
mettre dans sa main.

Une fois cette faute commise, l'amie de
la femme laide ne s'appartient plus, elle n'a
plus la direction de sa propre personne. Son
cœur a désormais un gouverneur, ses fai-

blesses ont trouvé un pilote. Aussi n'est-ce
plus à elle qu'on s'adressera désormais pour
ce qui la concerne, et les habiles ne man-
queront-ils pas de se faire agréer d'abord
par la femme laide pour parvenir auprès de
la femme jolie.

Au moyen de cet entourage de femmes
agréables, la femme laide finit par créer
autour de sa laideur l'atmosphère de beauté
tant regrettée par elle; elle vit de l'air et
dans l'air des femmes très fêtées, et parvient
ainsi à rassembler une petite cour dont elle
est l'âme secrète, et qui, sans ses soins, sans
ses annonces, eût bien pu manquer aux
jeunes femmes dont sa maison devient le
champ clos.

Une fois le public amassé, une fois la
troupe réunie, le spectacle commence. Hélas! c'est toujours au profit de la femme
laide qu'il se donne.

Le répertoire de nos théâtres s'enrichirait de toutes les intrigues et contre-intrigues dont les fils se réunissent bientôt dans ses mains. On joue tous les genres sur ce petit théâtre, depuis la bouffonnerie du Palais-Royal jusqu'à la comédie sentimentale du Gymnase, jusqu'au mélodrame sanglant de l'Ambigu. On fait des proverbes pour les salons! Pourquoi? Est-ce que le salon, le boudoir, la chambre à coucher, ne fournissent pas souvent des scènes à la taille des plus lugubres tragédies?

Ce qu'il y a de plus curieux, c'est que les acteurs ainsi enrôlés ne savent presque jamais qu'ils jouent la comédie. Ils sont à cent lieues de croire qu'il y a une comédie et qu'ils en sont, et, ignorant complètement le caractère réel de l'emploi qui leur a été dévolu, ils se trouvent, sans s'en douter, jouer, avec le plus grand sérieux, des rôles

8.

comiques, ou, avec une gaieté hors de sai-
son, des rôles funèbres. Tel se croit l'amoureux qui n'est que le financier, telle imagine
être une grande coquette qui n'est qu'une
utilité ; celui-ci est le rival sacrifié, qui
croyait épouser avant la chute du rideau ;
celui-là est aimé qui n'avait point demandé
à l'être, et qui doit pourtant s'en arran-
ger, etc.

Que si l'on disait à la plupart, hommes
et femmes : « Mais, mes bons amis, vous ne
voyez donc pas que vous ne formez tous,
en définitive, que la troupe des comédiens ordinaires et extraordinaires de madame*** ! »

— A d'autres, répondraient-ils, vous nous
la bâillez belle! Cette brave femme est notre
très humble servante à tous, sa maison est
notre maison. Vous la vantez et la calom-
niez du même coup : c'est la cinquième roue
de notre carrosse, c'est la mouche de notre

coche. Vous parlez de théâtre! quel serait donc son rôle sur celui où vous vous imaginez que nous posons, à votre compte?

— Son rôle? dites ses rôles! pourrait-on leur répliquer. La femme laide, en effet, dans la situation que nous venons de décrire, est de force à les jouer tous. Si elle est bonne femme, elle fait des mariages; si elle est méchante, elle en défait; ou bien encore, dans le premier cas, elle réconcilie les amants; dans le second, elle les brouille. Si elle est honnête, elle arrête les chutes qui ne sont pas inévitables; si elle ne l'est pas, elle les prépare et les précipite. Si, enfin, elle est mauvaise tout à fait, si, ce qui est bien possible, la passion la gagne pour son compte, ou bien encore, si elle s'aperçoit que la pièce n'obéit plus à son caprice, que quelques fils ont échappé à sa main, qu'il y a révolte dans sa compagnie et que ceux qu'elle croit tenir secouent le joug et font mine de se déclarer indépendants, alors la comparse méprisée, sortant tout à coup du trou du souffleur, où elle avait eu soin de se faire reléguer, monte en scène. Elle va être terrible, sans doute, ses éclats seront à la fois hideux et grotesques! Pas du tout : avec le sang-froid d'un acteur consommé, elle sourit à chacun, et, cachant sous quelque costume débonnaire la casaque du traître qu'elle a endossée se‑crètement, elle n'en poursuit que plus sûre‑ment son but : la vengeance; et ce n'est qu'à la défaillance subite, inexpliquée pour pres‑que tous, de quelques-uns de ses artistes, que ceux qui l'ont pénétrée s'aperçoivent qu'elle l'a atteinte.

Aussi, s'écria mon ami Jacques après avoir tracé ce tableau, aussi pourquoi y a‑t‑il des laides? Est-ce que le beau ne saurait pas se passer du contraste, du voisinage du laid? Il n'y a qu'un soleil; est ce que le manque de comparaison lui fait du tort? Trouverait-on cet astre plus beau s'il avait pour repoussoir quelqu'un de sa famille moins réussi que lui? Les étoiles sont toutes jolies; où serait le mal que toutes les femmes le fussent de leur côté? Qui s'en plaindrait? Toutes les œuvres de Dieu sont d'une infinie variété. Parmi toutes ces beautés, chacun en prendrait une à son choix, et, en cas d'erreur, trouverait encore à reprendre.

Une femme laide est un être si malheureux, que je n'ai jamais pu considérer les bonnes sans attendrissement, et les méchantes sans pitié. Il semble que la Providence soit pour quelque chose dans le malheur des unes et dans les fautes des autres, et que cette complicité du ciel doive leur être comptée. Si jamais créature humaine a mérité de l'indulgence, c'est à coup sûr celle

qui, née avec l'amour du beau et ne trou-
vant le beau que dans ce qui est hors de sa
portée, est condamnée à l'aimer toujours et
à ne le posséder jamais. Tout le monde
comprend l'horreur du supplice de Tantale
et que cette soif inextinguible et jamais apai-
sée eût pu le mener, s'il n'eût été sous le
pied du **Destin**, à toutes les fureurs et à
toutes les violences, — et **Tantale méritait**
son sort! Mais les laides, Dieu puissant,
pourquoi le sont-elles?

FIN DE LA DEUXIÈME PARTIE

TROISIÈME PARTIE

LES OPINIONS

DE MON AMI JACQUES

CHOSES QUELCONQUES AUTOUR DU SUJET

I

Il est plus facile de parler des femmes en
général que de telle ou telle femme en particulier. Il est plus aisé, en un mot, d'arriver à la vérité dans la définition du genre
que dans celle de l'individu. La femme la
plus simple est plus diverse, plus compliquée, que la plus compliquée des machines.
L'horloge de Strasbourg, ce merveilleux

joujou de Schwilgué qui fait chanter un coq d'acier à midi, qu' est tout à la fois un chef-d'œuvre de mécanique et un enfantillage, a moins de rouages, moins d'engrenages, moins de fonctions diverses, les unes sérieuses, les autres puériles, que le cœur d'une fillette de quinze ans.

Les Chinois ont inventé des boules d'ivoire d'une dimension médiocre qui ont pour particularité d'en contenir beaucoup d'autres, lesquelles en contiennent une dernière presque imperceptible qui, elle-même, sert d'étui à une miraculeuse petite statue d'ivoire représentant une petite femme, très complète à la loupe. C'est un jeu d'une véritable patience que celui qui consiste à ouvrir toutes ces boîtes et qui finit par la découverte de la petite femme microscopique, le prétexte ou la raison du jeu en question.

J'ai toujours pensé que cette chinoiserie devait être un symbole, et que ce peuple, rusé plus que naïf, en montrant tout ce que peut contenir l'enveloppe la plus simple, avait voulu enseigner que de même qu'il peut y avoir vingt boîtes dans une seule boîte apparente, de même il peut se cacher vingt femmes dans une femme.

Il existe, à Bruxelles, un jeune peintre d'un très grand mérite, assez bizarre, un peu fantasque peut-être, ce qui ne l'empêche pas d'être un aimable homme très épris et très curieux de son art.

II

Ce peintre fait, pour son propre compte, des œuvres extrêmement distinguées qui, nées dans son atelier, sont malheureusement condamnées à y mourir par la raison qu'elles ne le satisfont jamais, et qu'il efface obstinément celles qu'on ne lui enlève pas par surprise. Ce peintre fit dans la même semaine six portraits d'une même femme.

Chacun de ces portraits pris à part ressemblait d'une façon merveilleuse au modèle. Ils différaient tous cependant les uns des autres à un tel point, c'étaient si bien six caractères parfaitement, je ne dirai pas seulement divers, mais opposés, que, quand on les voyait réunis, on avait devant soi six femmes bien distinctes, bien comptées. Ce n'était qu'une même femme pourtant. Je le surpris faisant le septième.

— Après ça, me dit-il, voyant mon étonnement devant ces six femmes, qui n'en faisaient qu'une, faites donc un portrait de femme qui contente tout le monde et l'artiste! qui contente ses parents, ses amis, son mari, ses enfants et son amant si elle a un amant! Il y a mille femmes dans une femme; laquelle peindre? Est-ce la fille, la sœur, la mère, la femme ou la maîtresse? Si vous peignez l'une, vous ne peignez pas les autres. Est-ce que le père, le frère, la sœur, le mari, l'enfant, reconnaîtront votre portrait si c'est à l'amant qu'il doit plaire, s'il est fait pour lui, si la femme qui pose devant vous pose pour lui? Ils vous diront : « Ça n'est pas ça. » Et ils auront raison. La femme aimée par l'amant, la femme amoureuse, est une femme qu'ils ne doivent pas connaître, qu'ils ne peuvent pas, par conséquent, reconnaître. Parmi toutes les femmes que peut être une femme, chacun prend celle qui lui convient et se refuse à voir les autres. En bonne règle, ce ne serait pas un portrait, ce seraient deux ou trois douzaines de portraits qu'il faudrait pouvoir faire d'une seule et même figure...

« Voyez cette petite, assurément elle n'est pas très compliquée. C'est un modèle, ça n'a peut-être pas quatre idées dans la tête ; eh bien, cela m'a donné déjà six femmes parfaitement différentes. Je commence la septième. Si la pauvre fille avait l'esprit un peu plus cultivé, elle m'en donnerait le triple. Heureusement, ajouta-t-il, que je me lasserai et que je laisserai mademoiselle bien tranquille un de ces quatre matins.

Le petit modèle, là-dessus, se mit à rire. Le temps, qui jusque-là avait été sombre, voulut se mettre d'accord avec elle, sans doute, et lui donner la réplique ; il en fit autant. Un pur rayon de soleil entra dans l'atelier et illumina tout entière la femme aux six portraits.

— Bonsoir, dit l'artiste démonté par ce beau temps inattendu, autre lumière, autre femme ! Voilà une créature transfigurée ;

c'était ce matin une grisette, ce rayon de soleil en fait un séraphin. Allons, ma fille, ouvre tes ailes, mets ton châle sous ton bras et monte au paradis. Avec ce jour-là, tu n'as plus rien à faire, sur cette terre ni dans mon atelier, pour aujourd'hui.

Il s'approcha alors de sa fenêtre et l'ouvrit.

La Grand'Place, sur laquelle donnent les fenêtres de son atelier, était inondée de clarté ; l'admirable flèche de l'hôtel de ville étincelait sur un ciel d'azur. Les maisons qui l'entourent, autant de chefs-d'œuvre, étaient en fête. Elles étaient d'or, et leurs toits étaient d'argent. Le soleil ne gâte personne en Belgique ; aussi, quand il se montre, tout en profite. Les sculptures, les découpures, les broderies, les dentelles de pierre, brillaient à l'envi. C'était féerique ! un décor de Séchan à l'Opéra pourrait seul donner aux

Parisiens qui n'ont pas vu cette Grand'Place, unique en Europe, l'idée de ce qu'elle est quand le soleil se mêle de la faire reluire; c'est une vraie apparition La seconde impression qu'on a, après l'admiration qu'elle cause, c'est l'étonnement que ces jolies maisons, que ces bijoux, que ces objets d'art soient habités par des brasseurs, par des marchands, par des vendeurs et revendeurs de toutes sortes de choses. Il semble que des artistes seuls y seraient en leur lieu. Mais ce n'est pas de cette place qu'il s'agit.

— Il fait trop beau pour peindre cette jeune fille, me dit mon hôte en grattant sa palette. Si nous allions à Groenendael? La princesse irait à l'Allée-Verte avec son amoureux, au cas où le paradis lui semblerait trop loin.

La proposition était du goût de tout le monde. Le septième portrait ne fut jamais fait, et, le lendemain, les six autres étaient effacés.

— Décidément, on ne peut pas faire le portrait d'une femme ! me dit Reuille.

Heureusement que, si quelqu'un est de force à prouver le contraire, c'est celui qui sent combien c'est difficile.

III

Il n'y aurait pas grand mal à aimer un peu trop les femmes en général. Le vrai danger, c'est qu'on en vient toujours à en préférer une.

IV

On peut s'attacher à un être vicieux, se lier à lui par les liens que forment d'un côté les sens, de l'autre la pitié, l'habitude, l'espoir de le ramener à une vie meilleure et de trouver des perles dans le fumier. Mais l'aimer de ce qui est l'amour, non. On n'aime que ce qu'on peut honorer.

V

Une femme que ne retiendrait aucun autre devoir que ceux que toute femme a envers elle-même, et qui, après avoir fait à un homme digne de son amour l'aveu qu'elle l'aime, se refuserait à lui, ne serait peut-être pas plus honnête que si elle se livrait tout entière, mais elle serait assurément plus sage.

VI

On parlait au plus grand de nos poètes de l'amour qu'avait eu pour lui une jeune et charmante personne, et quelques-uns donnaient à entendre que cet amour n'avait peut-être pas toujours été platonique. « Je n'ai jamais baisé que ses ailes », répondit-il.

VII

· La chute d'une femme a toujours des excuses que celle d'un homme n'a pas. On a fait du bruit de la tentation de saint Antoine ; mais qu'était-ce que cette tentation accidentelle auprès de ces tentations permanentes dont le monde et le démon entourent la vie de la plus grande partie des femmes ? Pour ne parler que de celles, en si grand nombre, que le hasard de la fortune et de la naissance a jetées pauvres et solitaires au milieu de la foule, qu'étaient les diableries auxquelles résista ce grand saint, dont je n'entends certes pas rabaisser les mérites, à côté de celles auxquelles résistent tous les jours les jeunes ouvrières sans travail, sans

vêtement, sans feu et sans pain? Saint Antoine avait, pour dernière ressource, son
compagnon, qu'à toute force, dans un cas
extrême, il eût pu manger sans péché, à la
condition que ce ne fût pas un vendredi.
Combien seraient sauvées au jour de leur
chute, s'il leur restait seulement un morceau
de pain !

Quelle récompense garde donc, quelle
place à part Dieu fera-t-il dans son paradis
à la jeune et jolie fille qui choisit de mourir
à l'hôpital épuisée par le travail et l'absti-
nence, plutôt que de succomber, puisque les
hommes, qui payent si volontiers le vice,
n'ont pas de récompense, que dis-je ! n'ont
à la lettre pas de pain pour ces humbles et
d'autant plus héroïques martyres de la
vertu ?

VIII

Nos rues sont attristées pendant le jour par la vue de pauvres petites filles en haillons, se tenant, pieds nus, pâles, chétives, accroupies dans l'angle des portes qui ne doivent pas s'ouvrir, et de là tendant la main et demandant d'une voix suppliante l'aumône que mille d'entre nous refusent contre un qui la donne; et vous vous étonnez de rencontrer le soir des jeunes femmes couvertes d'oripeaux et d'un luxe plus triste que les haillons des enfants dont je viens de parler, offrant d'une main leur personne et demandant de l'autre le prix de ce marché ! Mais vous ne pensez donc à rien ! Quelles mères, quelles sœurs voulez-vous donc qu'aient les petites mendiantes de la journée, et que croyez-vous que puissent devenir celles qui ne meurent pas avant l'âge quand elles ont fait leurs premiers pas dans la boue de nos rues, quand elles ont débuté par la mendicité, quand les premiers mots qu'on leur a fait bégayer ont été ceux-ci : « Un sou, s'il vous plaît ! »

Je ne fais point, ici, de procès à la société ; je ne demande pas que toutes ces plaies guérissent instantanément ; je sais, hélas ! que ce serait demander l'impossible et que ces sortes de requêtes font souvent plus de mal que de bien ; mais je demande un peu plus de douceur et de pitié pour ces pauvres êtres que les meilleurs repoussent quelquefois avec dureté. Il ne faut pas encourager la mendicité, disent les philantropes, et c'est l'encourager que de pratiquer l'aumône et la prêcher. Pour Dieu, puisque nous ne pouvons pas même supprimer la misère des petites filles et des petits enfants dans les rues, puisque nous ne pouvons pas mettre dans les greniers, d'où la faim les chasse tous les jours, le pain qui leur permettrait d'y rester, taisez-vous et laissez-nous, sans nous arrêter par vos sophismes, mettre dans ces petites mains, rougies par le froid, le pauvre sou qu'elles nous demandent.

IX

La femme riche et vraiment honnête a de la pitié et non du dédain pour celle qui ne l'est pas. Son cœur lui dit que la malheureuse qu'elle coudoie avec effroi dans la rue n'y est pas descendue pour son plaisir, — n'y cherche et n'y trouve pas le bonheur, et que le chemin qu'elle y fait doit être plein de misères et de douleurs sans nom. Elle se dit qu'elle serait plus coupable devant Dieu, si elle tombait, elle, que tout a aidée dans la vie et à qui tout a souri, si elle tombait d'un degré seulement, que cette malheureuse qui, née souvent au fond de l'abîme, ne connaît que l'abîme et y est restée sans trouver dans sa route une main pour l'aider à en sortir.

X

Les femmes méritent tous les éloges et toutes les injures; — on a toujours à la fois tort et raison contre elles.

XI

De tous les éloges qu'ont pu mériter les femmes, le plus bizarre peut-être, sinon le plus flatteur, c'est celui que la science, d'accord avec les poètes, les amoureux et les moralistes pour louer la compagne que Dieu a donnée à l'homme, lui décerne de son côté et à sa façon.

S'il faut en croire les naturalistes, la femme, à ne la considérer même que comme la femelle de l'homme, a encore une incontestable supériorité sur toutes les autres femelles de la création. Elle est, en effet, le seul des êtres créés qui ait été préféré à leur propre femelle par des individus d'une autre espèce.

— Pline rapporte qu'un bélier fut amoureux jusqu'à la folie de la belle Glaucé, musicienne d'un grand mérite et très en renom à la cour de Ptolémée.

— Dans la ville de Sestos, un aigle élevé et nourri par une jeune fille se jeta, par grand désespoir d'amour, quand elle fut morte, dans les flammes de son bûcher et se laissa brûler avec elle.

— Tous les lions ont peur des femmes. Rare hommage! La peur, dans les natures intrépides, est souvent le commencement de l'amour.

— Un dragon aima la femme de Clodion et fut le père de Mérovée. Il n'est pas besoin de dire que ce dragon n'était pas de ceux que l'on enrégimente de nos jours.

— Le serpent perdit Ève, mais, enfin, il l'aimait!

— Un célèbre naturaliste anglais, dont j'ai oublié le nom, raconte qu'il a été à même d'observer, personnellement, que les oies mâles ont un goût très prononcé pour les danseuses.

— Léda fut aimée par un cygne.

— Le grand Frédéric découvrit un jour, non sans un grand étonnement, qu'un joli petit cheval arabe qu'il avait donné à sa sœur s'était épris des charmes extraordinaires de cette princesse.

— Des matelots grecs, en route pour Cythère sans doute, remarquèrent que leur navire était suivi par une troupe innombrable de dauphins et de poissons de toutes sortes, étrangers aux parages où ils naviguaient. Ils ne s'expliquèrent ce prodige que par la présence sur le pont d'une belle esclave grecque qu'un des passagers avait embarquée avec lui.

— Enfin, et ceci est plus flatteur que cela ne peut le paraître à première vue, la science a constaté que tous les quadrumanes sans exception accordent une préférence marquée

aux femmes sur leurs séduisantes femelles.
Quand les Européens envahirent et défri-
chèrent le nouveau monde, plusieurs de
leurs compagnes disparurent subitement.
On ne les retrouva qu'après de longues re-
cherches. Elles avaient été enlevées, non
pas par des princes russes ou par des mi-
lords désœuvrés, mais par des pongos trop
aimables, qui les avaient emmenées prison-
nières dans leurs cavernes, et qui avaient eu
pour leurs captives des égards dont elles
avaient dû être aussi surprises qu'embar-
rassées.

— On sait du reste, déjà, que le soleil a
pour fonction principale d'éclairer et de faire
resplendir la beauté des femmes. Il est vrai-
semblable que cet astre ne se montre à notre globe que parce qu'elles y sont et pour
les voir, car il n'est pas probable que

notre seule présence eût suffi à l'attirer.

— Le monde entier, pour tout dire, la création sous toutes ses formes, chante un hymne à la beauté des femmes. Un poète oriental, trop peu connu, raconte qu'un sage de son pays était venu à bout de comprendre le langage des oiseaux, et lui avait dit que toutes les chansons de ces aimables petits musiciens avaient pour refrain unique et invariable ces paroles : « Ah ! que les femmes sont donc jolies ! »

— Il y a des arbres dont les feuilles tremblent et frémissent à l'approche d'une jeune fille.

— Il y a des fleurs qui s'inclinent sur leur passage et qui semblent ainsi vouloir leur envoyer plus sûrement leurs plus doux parfums.

— La tempête elle-même les aime, les vents furieux s'apaisent à leur voix.

— Les tendresses constantes du zéphyr sont pour les femmes. S'il caresse quelque chose avec amour, ce sont à coup sûr les boucles parfumées qui entourent un beau visage.

— Je m'étonne que les astronomes n'aient pas encore découvert que les étoiles ne brillent au firmament que pour mériter le suffrage des femmes, et que leurs petits yeux ne se font si doux là-haut que pour s'attirer leurs regards.

— Les dieux eux-mêmes ont aimé les filles des enfants des hommes. De tous ceux qu'a honorés l'antiquité, il n'en est pas un qui n'ait, plus ou moins, abandonné l'Olympe

et négligé les déesses pour adorer de sim
ples mortelles.

— La tradition nous apprend que, dans
le monde moderne, des anges étant impru-
demment descendus sur la terre, avaient
demandé à y rester, et fait avec joie le sacrifice de leur immortalité céleste et de leurs
ailes, pour vivre et mourir aux pieds d'une
femme aimée.

— Enfin, Satan lui-même, l'esprit du mal,
fut vaincu par une jolie femme. Tout le
monde a lu le *Belphégor* de Machiavel !
Que reste-t-il à dire après cela pour prouver
que l'empire des femmes est absolu et qu'il
faudrait être aveugle pour le nier? Je ne le
nie donc pas.

FIN DE LA TROISIÈME PARTIE

CONCLUSION

CONCLUSION

POURQUOI MON AMI JACQUES DÉTESTE
LES FEMMES, ET LES RAISONS QU'IL DONNE DE
CETTE AVERSION

— Mais enfin, dit-on un jour à mon ami
Jacques, que pensez-vous des femmes? Dans
tout ce que vous nous dites, nous voyons
qu'il y a du pour et du contre. Mais, au
fond, les aimez-vous? les détestez-vous?
Concluez.

— Je pourrais, répondit mon ami Jacques, ou ne pas vous répondre, ou vous répondre que je n'en sais rien, ou vous dire
qu'on peut aimer les femmes et les détester

tout ensemble. Je serai plus franc : je les déteste, parce que je les aime.

Et comme on se récriait, et comme on lui demandait comment il se pouvait faire qu'un homme de bon sens et d'esprit comme lui, pas plus mal tourné qu'un autre d'ailleurs, et jeune encore, détestât un sexe dont il ne paraissait pas probable qu'il eût à se plaindre, voici ce qu'il répondit :

— C'est précisément parce que je n'ai point de mal à dire des femmes, n'ayant jamais pu venir à bout d'en penser; — c'est précisément parce que je suis d'avis, avec je ne sais plus quel philosophe, que, si Dieu pouvait avoir une mesure dans son amour, il devrait aimer la femme plus que l'homme, et que, quant à nous, nous ne pouvons nous dispenser de la chérir et de l'estimer plus que nous-mêmes; — c'est précisément parce qu'on peut dire des femmes, sans hyperbole, qu'on soit catholique, païen ou musulman, qu'elles sont des anges, des déesses ou des houris ; — c'est parce qu'une jolie femme est à la fois plus jolie que le plus joli des animaux, y compris les oiseaux, et plus élégante, plus plaisante à l'œil, plus charmante que la plus charmante fleur ; — parce que rien de ce qui est bien n'est aussi bien que la femme qui plaît; parce qu'on peut la comparer à tout et lui donner sur tout l'avantage ; parce qu'il est devenu un lieu commun, c'est-à-dire une vérité banale, de dire des femmes qu'elles sont le chef-d'œuvre de Dieu et toutes les joies de l'homme; — c'est enfin parce que ne pas les aimer et, dès qu'on les aime, ne pas leur tout sacrifier est impossible; — c'est parce qu'on peut passer, fût-on un héros, sa vie à leurs pieds, et, si vous voulez le savoir, parce qu'on l'y passe, —

que je les maudis, que je les exècre, que je
prétends qu'on les fuie à l'égal de la peste,
qu'on les redoute comme ce qu'il y a de
plus terrible au monde, qu'on les tienne en
un mot pour le plus dangereux et peut-être
pour le seul ennemi de l'homme!

Et, sachez-le bien, ce n'est pas leur fiel et
leur vinaigre, leur poison ou leur venin, si
quelques-unes en ont, c'est leur miel et leur
parfum même, au contraire, c'est la bonne
odeur de leurs plus exquises qualités, c'est
la jolie couleur de leurs grâces les plus
naïves, c'est la tendresse involontaire de leurs
plus chastes regards, c'est le charme invincible dont elles sont environnées qui m'au-
torise à considérer ces adorables créatures
comme autant de fléaux.

Croyez-vous, par hasard, que, si toutes les
femmes étaient des drôlesses et des harpies,
des monstres de méchanceté et des monstres

de laideur, croyez-vous que je m'efforcerais de lever contre elles des légions? Non. Il y a des hyènes dans le monde; on les encage ou on les refoule dans leurs forêts, et tout est dit. Il y a des animaux hideux dans la création; on s'en détourne, ou on détruit leurs races, et tout est encore dit. L'homme sera toujours le plus fort contre ce qui est mauvais. Mais une femme, une femme bien élevée, bonne, honnête, spirituelle et jolie, c'est-à-dire un être irrésistible, une sirène moins la queue de poisson, une sirène avec des pieds de Sylphe, ne m'en parlez pas; ne lui parlez pas surtout, ne l'écoutez pas, ne la regardez pas; fuyez, fermez les yeux, bouchez-vous les oreilles; dites-vous en fuyant que la meilleure est la pire, que la plus belle est la plus à craindre! Et n'allez pas vous croire à jamais ou guéri ou invincible, car, vienne à passer devant vos résolutions, de-

vant votre forteresse, dans votre solitude,
une fille de quinze ans au regard d'ange, et
devant ce regard ingénu qui ne vous cherche
pas, qui ne vous connaît pas, qui ne pense
pas à vous, qui n'y peut pas penser encore,
vos murailles tomberont et vos résolutions
avec elles.

Quittant alors ou votre solitude ou vos
travaux, votre gloire ou vos devoirs, vous
suivrez, les mains suppliantes, à deux genoux, le cœur bondissant déjà, ce péril nouveau, ce danger toujours attrayant, le désir
qui naît, l'espérance à son aurore, la beauté
inconnue.

Le genre humain ne trébuche, le monde
ne tourne si souvent de travers que parce
que dans sa route se trouve cette poussière de diamant, ce grain de sable, cet
écueil, qu'on appelle une jolie femme.

Ce que je reproche à la femme, ce n'est

point d'être ce qu'elle est, mais de se faire, de se laisser faire ce qu'elle ne doit pas être. C'est qu'au lieu de se mettre à côté de celui qu'elle aime pour l'aider dans la bataille de la vie, c'est qu'au lieu de lui faire voir le chemin, elle le lui barre, n'imaginant pas qu'arrivé jusqu'à elle il puisse lui rester un pas à faire.

Je médis, non point de l'amour, mais du rang qu'on lui donne et de l'usage qu'on en fait. Pour une femme qui comprend que la place du devoir doit être faite avant celle de l'amour dans le cœur d'un homme digne d'être aimé, il en est mille qui mesurent la tendresse de leur amant à ses faiblesses; si bien que telle qui s'est éprise d'un homme pour sa valeur, est capable, ô singulière perversité! de lui demander comme preuve suprême d'amour une lâcheté!

L'histoire d'Hercule n'est pas d'hier. Si ce

demi-dieu a accompli ses travaux, c'est qu'il n'avait pas encore filé aux pieds d'Omphale. Croit-on que, s'il eût commencé plus tôt son métier de fileur, il eût jamais conquis sa place dans l'Olympe?

Hélas! quel est le devoir qu'on n'a pas renié, pour une femme? quel est le parjure qui n'est pas sorti d'une poitrine humaine, pour une femme? Quel est le crime que la folie de l'homme n'a pas commis pour une femme? à quoi une femme n'a-t-elle pas été préférée? Combien en est-il qui ont vu à leurs pieds, sous leurs pieds, les dons de la jeunesse, les richesses de l'âge mûr et la dignité même de la vieillesse, et qui, au lieu de les relever d'une main confuse et attendrie, les y ont ingénument laissés, faisant sans remords litière de tous ces biens perdus!

Quel tort n'ont pas fait les femmes, dans

leur criminelle innocence, aux plus belles, aux plus saintes choses, à Dieu, à la patrie, aux sciences, aux arts, à tous progrès !

On me dira qu'il y a de beaux poèmes cependant, et de beaux tableaux, et de la musique quasi céleste, et que l'histoire n'est pas pleine seulement de crimes, et que, parmi ces chefs-d'œuvre comme parmi ces grandes actions, il en est que l'amour a inspirés : est-ce que je le nie ?

Mais que sont ces chefs-d'œuvre, qui existent et qu'on peut compter, à côté de tous ceux qui n'existent pas et dont le sacrifice a été fait aux pieds d'une femme aimée ? que sont-ils à côté de ces choses éblouissantes, splendides, inexprimées, sublimes certainement, que les grands hommes, qui ne nous ont laissé peut-être que des échantillons de leur savoir-faire, ont perdues ou dépensées dans un soupir, dans une larme, dans un regret, dans un gémissement, aux genoux de leurs maîtresses!

Le dernier mot des génies dont s'honore l'humanité, ce dernier mot qu'on cherche encore dans leurs œuvres et qui y manque, si grandes qu'elles soient, voulez-vous savoir où il se trouve? Dans cet abîme toujours béant que creuse l'amour autour de ses idoles!

Il y a une chose qu'on ne sait pas assez, c'est qu'un homme amoureux, encore qu'on prétende le contraire, n'est bon à rien, si son amour est sincère, qu'à faire l'amour! Est-ce qu'on aime à bon marché? est-ce qu'on aime à demi? est-ce que l'amour laisse un loisir, une pensée, à celui dont il s'empare? est-ce que c'est un maître humain, facile, commode? est-ce qu'il sait ce que c'est qu'une transaction seulement? est-ce que ce n'est pas le plus absolu des dominateurs?

est-ce qu'il peut trouver son aise ailleurs
que là où il n'y a rien, si ce n'est lui-même?
est-ce que son premier soin n'est pas de re-
fouler tout ce qui le gêne? est-ce que le désert, est-ce que le vide qu'il fait autour de
lui l'embarrasse jamais? est-ce que son candide et féroce égoïsme ne remplit pas tout,
ne suffit pas à tout, n'absorbe pas tout?
est ce que l'amour qu'ont l'une pour l'autre
deux créatures, quelque infimes qu'on les
suppose, ne les élève pas plus haut que tout
à leurs propres yeux? est-ce que pour celui
qui aime, enfin, il y a une misère possible,
soit en lui-même, soit en celle qu'il aime?

Croyez-moi, nous n'avons que les restes
de l'amour, nous ne vivons que de ce qu'il
nous a laissé.

Que de batailles perdues, que dis-je? non
livrées! que de monuments qui sont restés
dans la tête de leurs architectes ou dont

12

nous n'avons pour toute représentation qu'une bicoque! que de croquis pour une grande page! que de sonnets pour un poème, que de madrigaux pour un sonnet! que de néant enfin en place d'œuvres superbes, par la seule faute de l'amour!

On cite comme une grosse affaire un astronome tombé dans un puits, pendant qu'il cherchait au ciel une étoile : qu'on essaye donc de compter ceux qui, sans être astronomes, ont fait la même chute en cherchant une femme, soit au ciel, soit sur terre!

Et je parle ici des gens à qui l'amour n'a pas tout pris, qu'il n'a pas submergés, comme c'est son droit, à ce qu'il paraît, à l'âge où nous sommes; qui ne lui ont pas tout abandonné. Que serait-ce si je parlais de ceux pour qui l'amour est tout, à qui il tient lieu de tout, qui le mettent au-dessus de tout, et qui, plus païens que les païens, lesquels ne faisaient du moins de leur Amour qu'un dieu inférieur, en font leur seul dieu, leur dieu unique, et se font ses prêtres, ses martyrs, ses victimes !

On dit qu'il n'y a pas de génie incompris, qu'il n'est point de génie méconnu. C'est mon avis. Tout homme de génie qui a parlé est ou sera entendu. Mais il y a, qu'on ne le nie pas, les génies ignorants ou dédaigneux d'eux-mêmes, les génies oublieux ou peu désireux de la gloire, les génies muets, ou encore les génies humbles et dévoués, qui, après s'être demandé quelle serait leur fonction sur cette terre, se sont répondu que cette fonction ne pouvait guère avoir pour salaire sérieux que leur avantage personnel, et qui ont jugé qu'un tel but ne méritait pas un effort ; voulez-vous savoir ce qu'ils font, ceux-là, et où vont leurs trésors à enrichir un siècle ? Hélas ! encore et toujours, dans l'oreille, dans les bras d'une femme, ou sur ses lèvres entre deux baisers.

Jolie place, sans doute ; mais après ? est-ce que le baiser serait moins bon pour être payé moins cher ? Donnons à l'amour comme le comprend notre époque, à cet amour qui stérilise au lieu de féconder, donnons-lui son vrai nom : temps perdu. Et reprochons aux femmes, dont la tâche était plus belle cependant, de n'avoir su le dégager de la triste prétention qu'il a d'être une passion, et de n'être qu'une passion, que pour souffrir qu'il devienne cette chose bêtasse et grossière qu'on nomme le plaisir. Reprochons-lui d'avoir fait du monde, de ce vieillard encore robuste, en quête, en travail d'une vie nouvelle comme Æson, un vieux sociétaire du Théâtre-Français dérouté s'efforçant de jouer, à quatre mille ans, des rôles d'amoureux de mélodrame ou de vaudeville.

« Crains la femme et le tonnerre, » disait mon grand-père. Mon grand-père avait raison.

Il est vrai que mon grand-père n'avait pu entendre Arnal, à la fin de je ne sais quelle pièce où il avait été très malheureux pour avoir trop aimé, adresser au parterre, dans un soupir éloquent, cette exclamation qui suffit à venger les femmes de tout ce qu'on a pu dire contre elles :

« ET CEPENDANT IL EN FAUT ! »

ÉPILOGUE

ÉPILOGUE

———

— Tu viens de nous dire, — fit remarquer à Jacques son ami Jean, qui était venu de Vienne pour passer quelques semaines avec lui et qui se trouvait là, le soir où il lui arriva de s'expliquer si catégoriquement sur les femmes, — tu viens de nous dire, entre autres bonnes choses, « que c'est un lieu commun, c'est-à-dire une vérité banale à force d'être vraie, d'écrire que les femmes sont et le chef-d'œuvre de Dieu et les seules joies de l'homme; » pourquoi, mon ami Jacques, es-tu devenu l'ennemi de ta joie, l'ennemi des femmes, NOS SEULES JOIES? C'est toi qui l'as dit.

— Leur ennemi, dit Jacques, non, mais l'ennemi de ma joie, peut-être !

Et, s'étant passé la main sur le front comme un homme qui va faire un effort sur lui-même et qui demande à sa volonté le courage de l'accomplir, il nous raconta ce qui suit. Nous ne sûmes qu'à la fin ce qu'il lui en avait coûté de parler.

LES JOIES DE L'HOMME

I

C'était à la campagne et dans un beau pays.

On voyait au fond une jolie maison à moitié perdue dans le feuillage. Devant cette maison et alentour, il y avait des prés et un bois qu'un beau verger et un jardin bien cultivé reliaient à la maison.

Une enfant, une petite fille, courait dans les prés.

Les fleurettes et les brins d'herbe se mirent à jaser.

« — Elle est, ma foi, plus gentille que nous, » disaient les premières.

« — Et plus fine, » ajoutaient les Brins d'herbe.

« — Plus mignonne, » dit la Pâquerette.

« — Plus avenante, » dit le Muguet.

« — Plus animée, » dit le Bouton-d'or.

« — Plus naïve, » dit l'Argentine.

« — Plus gaie, pardieu ! » s'écria l'Alléluia.

« — D'une couleur plus nouvelle, » dit la Primevère.

« — Plus souple, » dit le Jonc fleuri.

« — Plus aimable mille fois, » dit le Myosotis.

« — Et meilleure déjà, » dit le Réséda.

« — C'est une perle vivante, » dit la Goutte de rosée.

« — C'est un feu-follet, dit l'Iris.

« — Sa bouche est une rose pompon, » dit l'Églantine.

« Tout cela est vrai, » dit le Ruisseau, qui courait de son côté dans la prairie.

II

Une jeune fille passait dans le jardin. Les fleurs se mirent à parler.

« — Vous êtes plus jolie que nous, ma belle demoiselle, » lui disaient-elles.

« — Plus fraîche, » dit la Rose de mai.

« — Plus vermeille, » dit la Grenade.

« — Plus blanche, » dit le Lis.

« — Plus suave, » dit le Jasmin blanc.

« — Plus gracieuse, » dit la Reine des prés, à qui le jardinier avait fait les honneurs du jardin cultivé.

« — Plus pure, » dit l'Épi de la Vierge.

« — Plus chaste, » dit là Fleur de l'oranger.

La jeune fille n'entendait point le langage des fleurs ; son regard candide et doux s'arrêtait sur chacune sans rougir et les admirait toutes sans se douter des louanges qui lui étaient données par elles. Mais, ayant aperçu, à demi cachée sous un abri de feuilles vertes, la Violette aux bleus regards, elle se baissa vers elle, la cueillit de ses doigts délicats, et, après avoir respiré son parfum, elle lui fit une place tout près de son cœur.

« — Que la Violette est heureuse ! » dirent les autres fleurs.

III

Une femme jeune encore et belle se promenait dans le verger, sur la lisière du bois. Sa beauté était telle, que non seulement les fleurs, mais encore les fruits eux-mêmes et les arbres, et rien de ce qui la voyait ne pouvait s'en taire.

« — C'est notre Reine! » était le cri de tout ce qui avait le bonheur de se trouver sur son passage.

« — Elle a plus d'éclat qu'aucune de nous, » disait la Cerise.

« — Plus de parfum, » disait la Fraise.

« — Voyez le velours de ses joues! » disait la Pêche.

« — Et la rondeur de son sein, » disait la Pomme.

« — Et la richesse de sa taille, » soupirait le Roseau.

« — Et l'élégance suprême de toute sa personne, » disait l'Acacia rose.

« — Et la fermeté de tout son maintien, » disait le Chêne.

« — Et la légèreté de son pas, » chantait l'Oiseau.

« — Et l'intelligence de son front, » disait la Pensée.

« — Et la tendresse de son regard, » disait la Pervenche.

« — Et la saine odeur de vertu qui l'entoure, » disait la Menthe.

« — Quoi de plus touchant? » disait l'Ancolie.

« — Quoi de plus doux? » disait la Mauve.

« — Quoi de plus achevé? » disait la Nature entière.

La voyant s'éloigner, la Mousse, qui tapissait l'entrée du bois, disait avec regret :

« Ne s'arrêtera-t-elle donc point aujourd'hui
au pied de ces beaux arbres? »

L'Ombre elle-même, s'allongeant au-dessus de sa tête, fit un effort pour la retenir.

Mais la jeune femme, obéissant à son
dessein, fit quelques pas du côté de l'enfant
et l'appela. Sa voix, douce et sonore comme
un chant, devait mettre fin à ces propos.
Cependant : « Je voudrais chanter comme
parlent les femmes, » dit encore, mais tout
bas, le Rossignol à la Fauvette.

IV

A l'appel aimé de sa mère, la petite fille
accourut. Elle avait dans sa route rejoint la
jeune fille, qui la ramena en la tenant par
la main pour modérer sa course, et toutes
trois s'avancèrent d'un même cœur et les
bras ouverts au-devant d'un homme dans la

force de l'âge qu'on venait d'apercevoir au tournant du bois. Il donnait la main à un beau petit garçon rose et blond, qui le quitta pour courir en avant et pouvoir embrasser le premier et sa mère et ses sœurs.

Ce ne fut qu'une voix de tous côtés quand on vit cette belle famille réunie.

« — Et les hommes osent se plaindre! » disait tout ce qui contemplait le bonheur de celui-ci.

V

« — Mes sœurs, dit l'Immortelle, je me suis tue pour ne point attrister le doux spectacle que vous avez sous les yeux. Mais n'accusez point les hommes : j'ai vu pleurer les plus heureux.

« — Prenez garde, ma sœur, dit la Violette blanche, la compagne de celle qu'avait cueillie la jeune fille, vous êtes bien près de la jolie demoiselle et bien près de tout ce bonheur. Si le pauvre père allait vous entendre, s'il allait vous voir et vous comprendre...

« — Hélas! dit l'Immortelle, hélas! mes sœurs, plaignez ce père, plaignez cette mère infortunée, mais plaignez-moi aussi. Que ne suis-je comme vous une fleur du temps présent! Pourquoi, née au milieu de vous, suis-je la FLEUR DE L'AUTRE VIE? »

FIN

THÉORIE DE L'AMOUR

ET

DE LA JALOUSIE

(18ᵉ *édition*)

DE L'AMOUR

ET

DE LA JALOUSIE

A MADAME ***

S'il est un sujet sur lequel il soit toujours permis à un galant homme de déraisonner, c'est à coup sûr celui qui sert de titre à ce qui va suivre.

De l'amour, en effet, et de tout ce qui touche à l'amour, on peut tout dire, le pour et le contre, le oui et le non, sans avoir

jamais tout à fait tort ou tout à fait raison.
C'est le texte impossible et attrayant par
excellence. C'est la chose subtile et indéfi-
nissable par essence.

Il se dit tous les jours de l'amour mille
choses vraies plus contradictoires les unes
que les autres, et tous les soirs il s'ajoute aux
choses dites le matin mille choses fausses,
les plus irréfutables du monde.

Un livre qui se proposerait de dire « *ce
que c'est que l'amour* » ne pourrait être
qu'un livre sans fin. J'estimerais déjà fort
avisé quelqu'un qui saurait au juste par où
le bien commencer.

Il faut être bien jeune pour parler de
l'amour ; et je crois pourtant qu'eût-on l'âge
du monde, on aurait encore quelque chose
à en dire ou tout au moins à en penser.

La vérité vraie sur l'amour, où la prendre? Serait-ce au fond d'un puits, ainsi que

l'autre, la vérité mythologique, la vérité de la Fable ? Quelques-uns ont été l'y chercher, hélas ! sans l'y trouver.

Faut-il la demander aux sages? Mais un sage qui connaîtrait l'amour serait-il bien un sage ?

Faut-il, au contraire, la chercher chez les fous? Je serais tenté de le croire. Mais la folie est un don du ciel, et il n'est donné à aucun des êtres dont la raison peut se renfermer dans les limites du bon sens de comprendre les créatures privilégiées que nous accusons de folie. Tout fou est un sphinx, et nous ne sommes des Œdipes que devant les rébus des journaux à images.

Convient-il mieux d'interroger les médecins? Mais quoi ! l'amour serait donc une maladie?

S'adressera-t-on aux savants? L'amour n'est point une science. L'amour ne se cache pas derrière les rayons poudreux d'une bibliothèque.

Aux amoureux? Mais celui que l'amour remplit s'amusera-t-il à s'interroger pour nous répondre?

A ceux qui, ayant été amoureux, ne le sont plus — et il s'en trouve? — Essayez donc de faire parler les morts!

Ou bien, enfin, à ceux qui, n'aimant point encore, ont pourtant leur cœur tout grand ouvert pour aimer? Peut-être. Un peu de vérité pourrait bien sortir de ces cœurs innocents. C'est un grand peintre que le désir. Mais les palettes les plus riches ne sont pas toujours les plus fidèles.

L'amour — bien suprême! disent les uns.

Le pire des maux! s'écrient les autres.

Il est un vieil air d'opéra dont les paroles charmantes me reviennent à l'esprit toutes les fois que je suis sur le point de médire de l'amour :

..... Si l'amour ne causait que des peines
Les oiseaux amoureux ne chanteraient pas tant.

Qui sait? c'est peut-être aux chansons, c'est peut-être aux oiseaux qu'il faudrait demander *ce que c'est que l'amour*.

Il y a bien longtemps, en 1842, je fus prié, un soir, par un de mes amis (par George Sand), d'écrire pour lui ce que je pensais de l'*amour*, puisque j'osais lui dire qu'il n'y entendait pas grand'chose, bien qu'il eût publié dès cette époque d'admirables livres tout remplis de *passion*.

Je lui répondis en quatre pages qui, sur son désir, furent imprimées plus tard sous ce titre : « *Ce que c'est que l'amour, et si l'on s'aime* » à la fin de cette étude sur la *jalousie*.

Ces pages d'extrême jeunesse commen-
çaient, à mesure que passaient les années,
à paraître plus vraies au grand apôtre de la
passion, et sur le tard nous avions fini par
tomber d'accord que c'était faire du tort à
l'amour que de le confondre avec son ennemie, avec la passion.

Il est un âge où l'amour semble la chose
la plus simple du monde, précisément parce
qu'il en est encore la plus grande, et j'avais
peut-être cru tout dire dans ces quatre pages.
Je n'avais dit que tout ce que je pouvais
en dire alors.

Quelques années s'étaient écoulées : une
charmante jeune femme, la plus aimée et
néanmoins la plus jalouse des femmes de
Paris, où je crois me souvenir que l'on est
très jaloux, madame ***, dis-je, piquée de
certains propos que j'avais tenus devant elle
contre ce péché de son cœur, me fit pro-

mettre un jour de *rédiger*, et tout à fait
à son intention, quelque chose comme un
mémoire, non pas sur l'amour précisément,
mais sur ce sujet qui nous trouvait si peu
d'accord : sur la jalousie; s'engageant à me
répondre, ligne pour ligne, page pour page
au besoin.

Qui a bu boira, a dit Rabelais; qui a
écrit écrira, pourrait-on dire avec non moins
de raison. Au plus paresseux il ne faut souvent qu'un prétexte.

Si quelque chose nous manque dans la
Belgique hospitalière, ce ne sont pas les
loisirs; et, bien que de ces loisirs je ne puisse
pas dire avec le poète « qu'un dieu nous les
a faits, » celui qui nous a fait les nôtres
n'étant pas dieu encore, malheureusement,
ces loisirs aidant, je me suis rappelé ma
promesse et l'ai remplie avec toute la conscience d'un homme qui n'avait rien de

mieux à faire, conscience qu'il faut mettre même dans les petites choses.

Le temps est un grand maître : peut-être madame *** est-elle guérie de son mal, car le mal passe, lui aussi; peut-être mon *mémoire* arrivera-t-il trop tard pour elle; je le lui souhaite.

Qu'elle me permette en tout cas de lui offrir cet essai, dont elle voudra bien, j'ose l'espérer, accepter sans rancune la dédicace.

P.-J. STAHL.

1853.

PREMIÈRE PARTIE

SI CELUI QUI AIME PEUT ÊTRE JALOUX ET SI L'AMOUR EST UNE PASSION

----- -----

I

Celui qui aime d'un véritable amour n'est point jaloux. L'amour est, avant tout, la confiance. Oter à l'amour la confiance, c'est lui ôter le sentiment de sa force et de sa durée, c'est lui ôter toute sa sérénité, partant toute sa grandeur. Si celle que tu aimes ne souffre pas de ton soupçon jaloux comme de la plus cruelle offense, elle ne t'aime pas. La jalousie, c'est de l'amour malade; or, toutes les maladies de l'amour sont mortelles. L'amour malade ne guérit jamais.

Il serait plus vrai de dire qu'on peut être

jaloux sans amour que de prétendre qu'on peut aimer et être jaloux.

II

L'amour est d'invention moderne. Les anciens n'ont point, à proprement parler, connu l'amour : aussi ont-ils tous, et avec un concert auquel il n'a manqué qu'une voix (celle d'Homère, il est vrai, qu'Hélène trouva indulgent), maudit et, qui pis est, insulté et la femme et l'amour.

Écoutez-les :

— Hésiode : « Celui qui se fie à une femme se fie à un voleur. »

— Eschyle : « O Jupiter, quel présent tu nous as fait! les femmes, quelle race!... »

— PLATON: « Celui qui aura failli sera changé en femme à la seconde naissance. »

— EURIPIDE : « On a su (c'est un dieu) trouver quelques remèdes à la morsure des bêtes féroces et des serpents; mais contre la femme, fléau pire que la vipère et que la flamme, on n'a rien trouvé jusqu'à ce jour. »

— CHÆREMON : « Il vaut mieux enterrer sa femme que de la conduire à l'autel. »

— ARISTOPHANE : « Pourquoi mettre tant de soins à garder une peste? »

— « La femme est un joli défaut de la nature, » a dit un autre Grec, moins brutal, mais plus impertinent peut-être que ceux que nous venons de citer. Etc., etc., etc.

Et rien de plus explicable que ces dédains et que ces colères, si on se place au point de vue de l'époque qui les exprimait. Il n'y a d'amour possible qu'entre égaux : or, la femme n'était pas chez les anciens, elle est à peine aujourd'hui dans nos lois l'égale de l'homme : comment auraient-ils pu l'aimer ? Aime-t-on ce qu'on ignore ?

Les anciens n'ont donc pas connu l'amour, et cependant personne, mieux qu'eux, n'a connu et représenté la jalousie. Ils en ont fait la sœur de la livide Envie ; comme elle, ils l'ont couronnée de serpents.

Pour ce qui est de leur Amour, avec ses petites flèches et son absurde carquois, c'est tout au plus la caricature de l'amour. Cette grotesque image ne donne pas plus l'idée de ce sentiment divin qu'une idole chinoise ne peut donner l'idée de Dieu.

Ils ont représenté ce petit dieu (car ils ont

fait de l'Amour un petit dieu, un gros enfant trop bien portant), ils l'ont représenté une torche à la main et un bandeau sur les yeux. Pourquoi la torche, ou pourquoi le bandeau? A quoi bon ce feu, sans la lumière? La fable de Psyché est une insulte à l'amour. Cupidon, Vénus, tous les Cupidons, toutes les Vénus de l'univers païen, les dieux de Tibulle et d'Ovide, n'inspireront jamais de nos jours que des Gentils-Bernards ou des Parnys plus ou moins licencieux. La société moderne a payé ces vieilleries plus qu'elles ne valaient en les couvrant de petits vers comme les bonbons : ce sont amours de confiseurs.

L'amour est un feu qui vivifie et non une flamme qui dévore.

Entendre l'amour autrement, c'est le réduire à n'être plus que ce qu'il était au au temps des faux dieux : c'est-à-dire le brutal appétit des sens, quelque chose qui a pour compagnons les jeux et les ris, quelque chose qui se fait mieux après qu'avant dîner, quelque chose à quoi aide le vin et qui complète l'orgie.

Quand Jésus-Christ, aidé de ses apôtres, n'aurait apporté au monde nouveau que l'amour chrétien, celui qui a fait de la mère l'égale du père, de la femme l'égale du mari, on comprendrait qu'on l'ait adoré et qu'on l'ait nommé le fils de Dieu.

De l'amour mythologique, mort dans nos consciences, mort dans notre poétique, pourquoi faut-il que nos mœurs aient encore gardé quelque chose, la jalousie!

III

L'amour nouveau n'aura atteint son complet développement que quand il aura répudié ce triste héritage. Tout le monde prétend aimer; mais, au fait, qui est-ce qui aime? S'il fallait croire tous ceux qui se disent amoureux, tous les soirs la moitié de Paris serait ivre d'amour pour l'autre moitié de cette ville fortunée. Hélas! que n'est-ce vrai?

Nous rions aujourd'hui, et à bon droit, des fadeurs des Amadis d'un autre temps; les mignardises répandues sur la carte du Tendre par les deux auteurs du Roman de la Rose nous paraissent des jeux d'esprit incroyables, et nous repoussons bien loin l'idée que ce qu'on appelait l'amour alors fût ce que nous savons être l'amour aujourd'hui. Il est pourtant infiniment probable que, dans une centaine d'années, dans moins peut-être, notre langue amoureuse, si poétique, si élevée, si onctueuse que nous la jugions, ne sera à son tour, pour les amoureux qui nous auront succédé, qu'un incom-

15

préhensible galimatias. Il ne faut pas défier
l'avenir; il est plus que probable qu'il ren-
ferme presque tout ce que nous nions à
l'heure qu'il est. Ce que nous sommes aujourd'hui, qui donc se doutait que nous le
serions jamais? Supposons donc un instant
que les lois sur lesquelles reposent les rapports des deux sexes soient un jour modi-
fiées. Imaginez qu'une liberté égale est
laissée à l'homme et à la femme: supprimez
du vocabulaire actuel deux ou trois mots
qui témoignent encore de l'esclavage de la
femme; débarrassez surtout, au nom de la
liberté des cœurs, les relations amoureuses
de l'imbécile et féroce oppression de ce code
sauvage qui assure au mari qu'on dit
outragé, quand trompé serait assez dire, le
droit de devenir impunément un assassin;
faites qu'on ne se puisse plus trahir par cela
seul qu'on aurait le droit de se quitter,

qu'on ne se puisse plus mentir parce que le mensonge ne serait jamais nécessaire; faites enfin de la femme légère quelque chose de pis qu'une coupable, faites-en une femme dépravée; qu'elle le soit sans les circonstances atténuantes qu'elle puise dans ie poids même de sa chaîne; qu'elle le soit lâchement, et il en sera ainsi du moment où elle l'aura été sans danger : que ferez-vous alors de la jalousie? De ce qu'elle sera devenue impossible, puisqu'elle sera sans cause, croyez-vous que l'amour en sera plus malade et la famille moins honorée?

A l'exception des avocats de cours d'assises, qui donc y perdra quelque chose?

IV

Incertains des autres et de nous-mêmes, comme nous le sommes, incapables de fixer notre volonté d'une façon immuable : mais sollicités par ce qu'il y a en nous de supérieur aux choses de la terre, nous avons un si naturel mépris de notre propre fragilité, une si juste défiance de nos forces, qu'au moment même où nous donnons notre cœur tout entier, nous sentons le besoin d'ajouter à ce don toutes les paroles, tous les actes qui semblent pouvoir en garantir la possession. De là ces serments téméraires, ces engagements, ces liens, ces contrats bizarres dont essayent les amants pour nouer sans retour l'avenir au présent. Fous que nous sommes ! De quoi témoignent toutes ces précautions, si ce n'est de notre infirmité ? Si la constance était de ce monde, organisé comme il l'est ; si tout ce qui commence n'était pas condamné à finir, aurions-nous besoin d'entourer de tant de solennité ce que le vœu seul de nos cœurs suffirait à accomplir ? Quand donc nous jurons, nous ne prouvons rien, si ce n'est que nous sentons que notre honneur pourrait bien avoir à payer un jour les dettes de notre cœur, et que l'amour lui-même n'est rien si la loi du devoir ne lui vient en aide.

Or, mettez donc la passion en face de cette grande idée, le devoir ! et qu'on me dise quel compte elle en pourra tenir.

Le mal vient donc de ceci surtout, qu'on a prétendu faire de l'amour une passion.

V

Quoi ! l'avarice est une passion, l'envie aussi, la luxure aussi, etc., etc. ; et c'est ce nom mérité par les plus vils instincts de notre nature que vous ne rougissez pas de donner au plus noble élan de notre âme ! Le mot amour existe, ce beau mot, si bien fait, si doux, si euphonique dans toutes les langues, et vous le déshonorez en lui donnant pour équivalent le nom dont vous stigmatisez vos vices quand ils sont poussés à l'extrême! Vous osez dire indifféremment : « J'ai de l'amour » et « J'ai une passion dans le cœur ! »

Non, l'amour n'est point une passion. Le mot passion n'est que le synonyme du mot besoin. Aussi doit-on être plus touché du plus petit sentiment qu'on inspire que de la plus violente passion qu'on allume. La fin de toute passion est une satisfaction égoïste et personnelle. La fin du plus léger battement d'un cœur amoureux est une pensée de dévouement. L'amour qui n'embellit pas l'âme n'est pas de l'amour. Aimer à côté du beau et du bon, c'est avilir son goût et sa personne. Si la femme que tu aimes n'est pas pour toi une créature immaculée, si

dans tes rêves elle n'a pas la blancheur des
séraphins, si tu ne lui vois pas d'ailes comme
aux anges, si tu ne l'aimes pas jusqu'à l'a-
dorer, si tu lui connais une tache, tu n'as
pas d'amour pour elle. J'ajoute que, si elle
n'est pas pour toi une seconde conscience
devant laquelle il te soit impossible de faillir,
elle n'est pas digne d'être aimée. L'amour,
c'est le double respect de soi-même et de
l'être qu'on aime. Avec de la passion, on
aime Manon Lescaut au beau milieu de ses
vices, et l'on est Desgrieux. Avec de l'amour,
on aime Juliette et l'on est Roméo. Quand
je devrais passer pour une jeune fille, je
dirais volontiers que les amours chastes connaissent seules les vraies voluptés. L'amour,
c'est peut-être l'innocence. Que si l'on me
répond qu'il est donc resté au Paradis terres-
tre, et qu'Adam et Ève ne nous en ont rien
rapporté que la passion telle qu'on la res-

sent vulgairement, je dirai que les vertus
dont on a le sentiment ne sont point des vertus perdues, et que les cœurs de bonne volonté ne seront jamais en peine de les retrouver.

L'amour est au-dessus de la passion,
comme le ciel au-dessus de la rue, du trot-
toir, du ruisseau que tu viens de traverser.
Si ton amour descend jusqu'à la passion, il
n'est déjà plus de l'amour. Pleure-le ; tes
larmes pourront encore l'honorer, mais elles
ne sauraient le sauver. Ce qui est fort peut-
il donc être agité ? ce qui est fort peut-il être
en proie à toutes les misères, à toutes les
inquiétudes, chères aux artistes, qui consti-
tuent cette sotte chose qu'on appelle !a passion dans l'amour ? Ce qui est puissant a-
t-il besoin d'être violent ? Direz-vous, et je
cherche près de nous une comparaison qui
vous saisisse, que c'est au moment où la

chaudière éclate que se prouve sa solidité ? Toute passion est un excès et non une force, comme on a tenté de le dire. La passion n'est pas plus une force que l'ivresse ou la démence. Quand la passion se substitue à l'amour, cela veut dire que ce ne sont plus vos âmes immortelles qui s'aiment, et que vous avez changé le feu du ciel contre le plus misérable des feux de la terre, celui qui n'échauffe plus que les corps. Or, ce feu, permettez-moi de vous le dire, quelles que soient vos prétentions à cet égard, ce feu est de peu de chaleur et d'une chaleur vite éteinte. Que si vous ne vous aimez plus que parce que vous vous trouvez jeunes et beaux, je vous plains. Un plus jeune, une plus belle, moins que cela, la fatigue, la satiété, vous sépareront au premier jour. C'est sur ce terrain que votre amour matérialisé ne tarde pas à rencontrer la jalousie.

VI

Cet ennemi une fois entre vous, c'en est fait de votre amour. Il n'est rien, de ce qui hier eût fait votre joie, qui ne puisse faire aujourd'hui votre désespoir. Soyez donc père, vous qui êtes jaloux ! Devenez donc mère, pauvre femme qui êtes aimée sans confiance, et dites-moi si de la plus pure de vos joies en ce monde, le premier cri de votre enfant nouveau-né, la jalousie de votre mari, de votre amant, n'a pas d'avance empoisonné les délices, et si elle n'a pas fait des plus chères espérances de votre maternité des terreurs sans nom !

VII

Toutes les passions ne sont pas funestes au même degré. La passion de la gloire, l'ambition même, peuvent amener quelques bons effets. Notre humaine nature a besoin, on est forcé de le reconnaître, de primes pour être encouragée à bien faire. Toutes les passions, les pires et les moins mauvaises, il n'en est pas de bonnes, peuvent, j'y consens, à leurs risques et périls, mener à une satisfaction quelconque et avoir en ce monde leur heure de triomphe, leur profit d'un instant. Ainsi l'orgueil, la haine, la colère, l'envie, la passion du jeu, la soif du sang, si vous voulez. On peut donc, sinon les justifier, au moins les concevoir. Elles ont une fin, un résultat possible. Il n'en est qu'une dont on ne doive rien attendre : c'est la jalousie, la plus aveugle, la plus stérile de toutes les passions qui puissent jamais troubler le cœur de l'homme. Car, si elle a un but, ses efforts eux-mêmes, au lieu de l'en rapprocher, l'en éloignent. Son sort est de se nuire sans cesse, et, contrairement à toutes les autres passions, c'est alors qu'elle trouve des aliments plus solides, de nouvelles raisons d'être, qu'elle est plus misérable. Tout son progrès est de voir grandir ses douleurs. Elle cherche son mal avec ce soin patient qu'un avare mettrait à chercher un trésor. Tout se flétrit pour elle et autour d'elle; c'est une maladie plus encore qu'une passion, car elle connaît les douleurs de la passion sans en connaître jamais les âcres voluptés. Maladie effrayante qui frappe toujours deux êtres à la fois, celui qui ressent le mal comme celui qui en est la cause innocente.

FIN DE LA PREMIÈRE PARTIE

SECONDE PARTIE

CE QUE C'EST QU'UN JALOUX

I

Tout ceci n'est que la théorie, que la phi-
losophie de ce mal cruel : passons au fait,
cherchons la preuve. Cette preuve, nous la
trouverons dans les circonstances les plus
vulgaires, partant les plus terribles, de la
vie quotidienne.

Voyons la jalousie à l'œuvre.

Votre amant est jaloux... ne lui ouvrez
pas vos bras. Au milieu des plus enivrantes
caresses, savez-vous ce qui le préoccupe?
C'est que d'autres peut-être les ont reçues
avant lui, c'est que d'autres peut-être les
auront après lui. Que votre amour, meilleur,
plus inventif dans sa ferveur, trouve un jour

pour s'exprimer des mots nouveaux, des tendresses nouvelles, tout à coup le jaloux vous repousse ; son front se charge de nuages. Savez-vous ce qui suspend la vie de son cœur ? J'oserai vous le dire : hier, vous ne l'aimiez pas ainsi ; qui donc vous a donné cette science? d'où vous vient ce progrès de votre amour?

Que si, au contraire, intimidée, glacée à votre tour par ces inexplicables défiances, vous vous retenez de l'aimer : « Elle ne m'aime plus! » — Si vous pleurez : « Elle est coupable! » — Si de votre cœur serré rien ne peut sortir : « Je l'ennuie! » — Si, plus forte, si, indignée, vous faites face à ses soupçons, si vous en appelez à sa raison, à son esprit, à son cœur, c'est en vain ! L'homme jaloux n'a plus de raison, n'a plus d'esprit, n'a plus de cœur, c'est un fou, c'est un malade, c'est un méchant.

Dans votre angoisse, une bonne inspiration vous vient, vous courez chercher vos enfants. Arrêtez-vous, pauvre mère! celui qui ne croit pas au présent ne croit plus au passé. La jalousie empoisonne tout, jusqu'à la bonne odeur des plus saints souvenirs. Vos enfants, ses enfants, il se peut qu'il n'ose les serrer dans ses bras; il se peut qu'il les repousse, eux aussi! Je me trompe, dites-vous; car ses regards inquiets se sont fixés sur eux, car ses yeux se mouillent, car il fond en larmes. Ces larmes, faut-il donc vous les traduire? La plus abominable de toutes les pensées vient de traverser son cerveau : ce n'est pas à lui qu'ils ressemblent; à qui ressemblent-ils donc ?... Cette pensée est si atroce, qu'il parvient à la chasser; il s'empare d'eux, il les presse sur son cœur; mais c'est avec une tendresse si désespérée, que les pauvres petits, effrayés, s'échappent

16.

de ses bras pour se réfugier dans les vôtres.
Nouveau grief! rien n'est plus en votre faveur, tout est contre vous. Ce qui devrait
vous réunir vous sépare.

II

La jalousie fait douter non seulement de
l'honneur de la femme soupçonnée, mais
aussi de sa délicatesse, et, ne fût-ce qu'à ce
titre, la plus légère s'en devrait offenser.
Cependant il n'en est rien. Pour une honnête femme d'esprit qu'un soupçon révolte,
il en est cent qu'un peu de jalousie flatte sot-
tement dans le secret de leur imprudente
vanité.

« Comment, ma chère, votre mari n'est
pas jaloux! mais il ne vous aime donc pas?
Mais il ne vous trouve donc pas jolie? Je
gage que vous n'êtes point coquette! Prenez

garde : il ne faut pas qu'un mari soit si sûr de sa femme; vous serez tantôt négligée. Entre nous, depuis que le mien ne dort plus que d'un œil, j'en fais ce que je veux. Un mari qui n'est pas jaloux, c'est un maître; un mari jaloux, c'est un esclave, etc., etc. »

Ce qu'on oublie, c'est que, dans une voie pareille, ne s'arrête pas qui veut ; c'est que peu à peu l'esclave se fait tyran; c'est que bientôt le jaloux est jaloux de tout et de tout le monde : des gens que vous connaissez et de ceux que vous ne connaissez pas, de vos amis et de vos ennemis, des vieux et des jeunes, des beaux et des laids, des sots non moins que des gens d'esprit, de Dieu enfin, des hommes et des choses! de votre père, de votre mère, de vos enfants, de vos tantes, de vos nièces, de tout, oui, de tout, de vos robes elles-mêmes qui vous font plus belle, et de votre parure qui ne brille pas que pour

lui ; de l'homme qui passe : « Il vous a re-
gardée, vous le connaissez donc ? » — du
chanteur que vous applaudissez : « Ce que
vous faites est vraiment de la dernière in-
convenance ; cet homme vous a certainement remarquée et la salle tout entière s'est
retournée pour vous voir ! » J'ai connu un
homme de beaucoup d'esprit et d'un grand
goût, très bon musicien surtout, qui avait
fini par trouver très sincèrement que Lablache, Rubini et Duprez n'avaient jamais eu
l'ombre de talent : il faut dire que sa femme
trouvait que Grisi était laide, Rachel com-
mune et abominable, que Madeleine Bro-
han n'avait point de beauté, et que sa sœur
aînée, la soubrette, ne pouvait être qu'une
pécore, affreusement laide, d'ailleurs, et vi-
siblement bossue.

Vous ne faites pas un pas que le soupçon
de l'homme jaloux ne vous suive. Et si ce

n'étaient que ses soupçons! mais il n'est nulle part où il ne prétende vous accompagner de sa personne. Comme les habitants d'un pays dont parle saint Augustin, lesquels, n'ayant qu'une jambe, ne pouvaient marcher que deux par deux, le jaloux ne comprend pas qu'on marche jamais seul.

« Est-ce bien à l'église que vous étiez, et à quelle place? — Vous avez été au bain : bizarre idée par le temps qu'il fait! — Vous revenez des Tuileries, le sot endroit! Vous y enrhumerez votre fille, si vous ne l'y rôtissez pas! »

A bout de patience, vous vous retirez dans votre appartement et le laissez seul avec votre enfant. Il hésite un instant; puis bientôt, prenant l'innocente créature sur ses genoux, la honte et la sueur au front :

« Chère petite, qu'as-tu fait aujourd'hui? où as-tu été avec ta maman? »

Allez-vous dans le monde ; avez-vous été au bal de madame A. :

« Vous avez trop parlé à M. B.; M. B. est un fat; il en prendra avantage de façon à nuire à votre réputation. — Vous n'avez rien dit à M. C., il paraît que vous n'avez plus rien à lui dire; il faut être bien d'accord pour ne se pas même aborder une fois pendant une nuit tout entière. — Vous avez valsé avec le général D.; il faut espérer que cette valse sera la dernière. — Vous avez polké, vous ne polkerez plus; un temps ne peut manquer de venir où une honnête femme n'osera convenir qu'elle a aimé la polka. Et, d'ailleurs, pourquoi dansez-vous? Croyez-vous qu'il soit gai de voir la femme qu'on aime emportée par le premier venu aux sons d'un orchestre endiablé? Dites que vous êtes malade, pardieu! dites que vous avez la goutte. Vous n'avez que vingt ans?

La belle réponse ! Tout le monde sait que
votre père en souffre depuis trente ans, vous
la tenez de lui ; vous avez bien son nez, à
votre père ! »

Et encore :

« M. E. étalait à sa boutonnière une fleur
pareille à celles qui composaient votre bouquet ; qu'en avez-vous fait, de votre bouquet ? »

Et puis :

« Vous avez laissé tomber deux fois votre
mouchoir. »

Et puis :

« Ne pouvez-vous garder votre éventail
en dansant? Cela était convenu sans doute
avec votre cousin, qu'il s'en constituerait le
gardien. Veut-il votre mort, votre cousin.
Il vous a apporté cinq glaces, je les ai
comptées...

— Mais, mon ami, il les a mangées toutes les cinq.

— Soit; mais ce qu'il vous a dit chaque fois qu'il vous les a offertes, ces glaces, l'a-t-il mangé aussi? Ne serait-ce point indiscret de vous demander ce que ce pouvait être?

— Vous le voulez? Soit. Mon cousin est gros, mon cousin est gras, mon cousin transpire beaucoup; il m'a dit cinq fois de suite et sans varier d'une intonation : « Eh « bien, ma cousine, puisque vous refusez « cette glace, je la garderai pour moi; il fait « une horrible chaleur, je meurs de soif et « suis tout en sueur. » Êtes-vous content? Bonsoir! »

Enfin, vous êtes chez vous, vous êtes toute seule, vous vous croyez tranquille : il n'en est rien. Votre mari frappe à votre porte :

« Tiens ! vous lisez; quel livre lisez-vous?
Un livre de M. Hugo ?

— Non.

— De M. Alfred de Musset, alors, ou de
M. Dumas ? Vraiment nos chefs-d'œuvre
classiques ne peuvent-ils vous suffire? Sied-
il que vous lisiez des livres de gens que vous
pouvez rencontrer dans le monde? Croyez-
vous peut-être que ce qu'ils ont mis sur le
papier soit demeuré dans leur cœur? Dé-
trompez-vous, le meilleur de ceux qui font
ce métier y a usé le peu qu'il a pu valoir et
ne vaut pas les quatre fers d'un chien. »

Vous montrez le titre du livre : *la Mare
au Diable*, de George Sand. Chacun sait
ce que vaut ce trésor, un des plus purs dia-
mants de notre langue.

« Hum ! répond le jaloux, est-il bien sûr
que cet homme célèbre soit une femme? »

Que vous dirai-je? Si ce n'est pas à l'au-

teur que peut s'en prendre sa jalousie, il
s'en prendra au héros du livre ; Saint-Preux,
Lovelace, Roméo, tous les amants, tous les
fats célèbres sont ses ennemis personnels.
Ne louez rien ni personne devant lui, tout
éloge lui fait mal. Vous allez au Louvre :

« A qui ressemble cette tête que vous
trouvez si belle ? »

Vous répondez :

« C'est un christ. »

Et vous vous croyez quitte ; il n'en est
rien. Pour le mari jaloux, tout homme qui
a une barbe rouge est le fils de Dieu devant
lequel prie sa femme. Ne lisez pas le jour-
nal : l'orateur qui a eu un succès à la tri-
bune, le prédicateur dans sa chaire, le général victorieux en Afrique, l'homme du
peuple qui vient de faire un trait héroïque,
le héros du jour quel qu'il soit, celui dont
le portrait est dans les journaux illustrés

de la semaine, tout lui porte ombrage, oui, tout et tous. Fût-il un homme de génie lui-même et, ce qui est plus rare, un homme de cœur, l'homme jaloux en arrivera à craindre un rival jusque dans son palefrenier ; car l'homme jaloux, ce n'est plus l'amant qui aime, c'est le propriétaire qui se fâche, c'est l'ennemi qui toujours veille; c'est, en un mot, l'amant qui déteste, justifiant ainsi le mot de Properce : « Il n'y a de haines implacables que celles de l'amour. »

III

CE QUE C'EST QU'UNE FEMME JALOUSE

Que si, quittant l'homme jaloux, nous demandons à la femme jalouse ce qu'elle est

à son tour... le tableau changera peu :
mêmes causes, mêmes effets. — « La jalousie est la plus dangereuse condition des
femmes, dit Montaigne, comme de leurs
membres la tête. »

J'ajoute seulement que, si vous êtes jalouse,
il a y tout à parier que ce qui n'existe pas,
vous allez le créer, et que ce qui existe, vous
allez l'empirer. En effet, c'est dans les bras
de la femme qu'il aime que l'homme intelligent doit trouver au jour le jour la force
de triompher dans le dur combat de la vie.
Vous êtes, vous devez être son repos, son
asile, son refuge, sa consolation, sa paix. Il
doit vous quitter meilleur et plus près de
bien faire. Si c'est un artiste, soyez sa muse;
si c'est un commerçant, vous êtes sa probité;
si c'est un soldat, un homme politique, vous
êtes son courage et sa raison. C'est à vous
de l'envoyer au combat ou à la prison, pour

son pays ou pour sa foi, si son honneur le lui commande. Blessé, c'est à vous de le guérir; vainqueur, c'est à vous de le glorifier; vaincu, c'est à vous de le relever de sa défaite; méconnu, c'est à vous de lui faire accepter l'ingratitude de ses concitoyens. Mort, vous êtes sa veuve, c'est à vous de le pleurer, et de faire que ses enfants soient ce qu'il fut.

Or, si vous êtes jalouse, vous n'êtes plus bonne à rien de tout cela; vous êtes l'ennemie de son talent, de sa gloire, de son patriotisme, de son honneur, vous êtes l'ennemie de sa vie même, car sa mort seule pourra vous rassurer. Sa mort? dites-vous... Et vous refusez de me croire.

Suivez-moi donc !

Nous sommes à Paris en février, en juin, en décembre, je ne veux pas préciser. Nous entrons dans un hôtel bien connu, rue de ***, vous y dansez tous les hivers. Laissons le grand escalier, prenons celui-ci à droite, montons quelques marches, et taisez-vous. Vous savez où vous êtes. Ce splendide oratoire, vous le reconnaissez... C'est celui de la belle madame de B*** ; une femme s'y trouve ; certes, elle n'est pas seulement belle, elle est jolie, elle est charmante... Avez-vous jamais vu, autour d'un plus attrayant visage, de plus beaux et de plus doux cheveux ? C'est de la soie, c'est de l'or fin, c'est tout un trésor ; et ce pur ovale qu'ils encadrent, c'est celui d'un ange, que dis-je ? c'est celui d'un archange.

Mais qu'a donc aujourd'hui cette suave créature ? Ses paupières sont rougies, son regard est troublé. L'heureuse, la brillante Pauline de B*** aurait-elle pleuré ? Hélas ! elle pleure encore ! et, tenez, voilà qu'elle tombe à genoux : ses yeux suppliants se tournent vers le crucifix : comme elle est pâle!... on dirait un fantôme en prière... car elle prie...

Écoutez sa prière, c'est la prière d'une femme jalouse... d'une femme jalouse qui attend. Vous connaissez George de C***? C'est lui qui est attendu.

PRIÈRE D'UNE FEMME JALOUSE

« Mon Dieu! il y a trois heures, trois siècles que je l'attends! Faut-il attendre, faut-il espérer, faut-il souffrir encore? Faites, ô mon Dieu! qu'il ne soit nulle part où mon amour ne puisse être avec lui! Faites que ce qui le retient loin de moi ne soit le vœu ni l'oubli de son cœur. Faites que ces heures lui soient longues, qu'elles lui soient mortelles et éternelles comme à moi! Faites, grand Dieu! que, pendant que je verse ces larmes amères et que ma poitrine éclate en sanglots, la joie ne soit point dans son âme et le sourire sur ses lèvres ! Faites que rien de léger, que rien de sérieux surtout ne l'arrête !

« Où est-il? Dieu puissant ! — Dieu cruel, où peut-il être? Une autre, ah ! peut-être une autre ! — Mais, non, non. — Mon Dieu, soyez béni ! celui que j'aime n'est point coupable, je l'accuse à tort. Une voix amie me dit que je fais mal de me plaindre, que mes pleurs l'outragent.

« Lui infidèle ! lui lâche ! Oh ! loin de moi, Seigneur, le soupçon d'une misère si grande ! Quelque obstacle imprévu, matériel, insurmontable à son courage, à l'amour lui-même, nous sépare, et non sa volonté. Merci, Seigneur ! un accident, un piège, que sait-on? un danger... Il est blessé peut-être et non parjure... »

(Tout à coup, la maison s'ouvre avec fracas; un homme est apporté pâle et sanglant : on le dépose mourant aux pieds de Pauline; c'est George de C***.)

« Je le savais bien, Dieu juste! reprend la femme jalouse en se redressant, le regard plein de reconnaissance, et, je dois le dire, de triomphe; je le savais bien, Dieu clément, que vous l'auriez tué plutôt que de le laisser se couvrir d'une tache si noire!... »

Pauline de B*** est un monstre! dites-vous; vous ne la reverrez de votre vie! Dieu soit loué, chère lectrice, vous n'êtes donc pas jalouse! Ne le soyez jamais, car cette prière barbare, cette prière impie, vous ne tarderiez guère à la comprendre et vous la retrouveriez bientôt avec épouvante, sinon sur vos lèvres, au moins au fond de votre cœur. Pauline est le plus doux être, vous le savez bien; ce n'est point elle qui est féroce, c'est la jalousie.

La petite prière que vous venez de lire est, — demandez-le à celles de vos amies que vous savez capables de bonne foi, — cette petite prière, dis-je, est une des plus humaines, une des plus *clémentes* qui puissent sortir d'un cœur jaloux. Qu'est-ce qu'un vœu cruel, après tout? Qui est-ce qui n'a pas plus ou moins massacré, par pensée, par désir, et par paroles même, l'être qu'il aime, dans des heures de doute? Tant que du vœu on ne passe point à l'action; qu'importe? Où la *Gazette des Tribunaux* perd ses droits qui pourrait trouver à redire?

La jalousie ne s'arrête pas toujours en chemin; je n'ai pas besoin de le prouver, j'en trouverais en une heure mille exemples. Si Pauline a été servie plus qu'à souhait, est-ce sa faute? Un meurtre ne se commet pas tous les jours dans Paris juste à point pour exaucer les pauvres femmes jalouses ou punir les amants infidèles, voire les amants qui retardent, ce qui est, j'en conviens, le commencement de l'infidélité.

Toujours est-il que vous ne danserez pas l'hiver prochain à l'hôtel de B***, et que vous ne rencontrerez pas de sitôt au bois George de C***. Ce n'est pas qu'il soit mort; sa blessure, grâce au ciel, n'était pas mortelle. Pauline, l'ange que vous accusiez tout à l'heure, après avoir passé quinze jours et quinze nuits à son chevet, le voyant mieux portant, obtint pour lui, secrètement, de la grâce d'un ministre qui n'avait rien à refuser à une jolie femme, un ordre d'exil, auquel, d'ailleurs, il avait des droits sérieux.

Un de ces jolis passeports dont la mode est venue nouvellement, et qui ont fait glisser silencieusement, de Paris à l'étranger, et en quelque sorte comme sur le velours, un grand nombre de Français, parvint un beau matin à George de C***, convalescent : il le trouva sous son oreiller. Pauline, ivre de joie, a quitté la France avec lui ; la France, où d'autres qu'elle avaient pu l'aimer.

Ils voyagent. Leur parti est pris de ne plus s'arrêter.

« Le mouvement perpétuel n'a point le temps d'être infidèle », dit Pauline, aujourd'hui madame de C***.

J'ai rencontré par un temps affreux, au plus haut du Drackenfels, en face des ruines sentimentales de Rolandseck, ces deux juifs errants de la jalousie. On s'y voyait à peine à trois pas, tant les brouillards du Rhin étaient épais, et j'aurais bien parié cent contre un que pas un autre que moi ne pouvait avoir choisi un temps pareil pour une semblable ascension. J'avais compté sans la jalousie.

« C'est le temps que nous préférons, me dit George en souriant; quand le soleil se montre, il faut bien en prendre son parti; mais, choisissant alors les promenades impossibles, nous allons partout où il n'y a personne. Connais-tu un désert quelque part, sur les bords que voici, où que ce soit, un lieu riche en brouillards et veuf d'habitants, une solitude, une thébaïde, indique-le-nous; si c'est le chemin de son repos, ajouta-t-il en jetant un regard plein de tendresse et de compassion sur sa compagne, je le prendrai de grand cœur avec elle. — La jalousie a du bon, dit-il encore; pour garder il faut qu'elle donne... Sans elle, je ne tiendrais point ainsi Pauline sous mon bras...

— Oui, la jalousie a du bon, me dit

Pauline essayant de répondre à ma pensée, que trahissait seul mon silence, car je n'avais rien dit. N'être point jaloux ou jalouse, c'est être un fat ou une coquette. Est-on seul digne d'amour en ce monde, et n'est-ce point une grâce qui nous est faite d'être aimés, à côté d'autres qui vaudraient mieux que nous peut-être? La jalousie n'est pas toujours la défiance de celui qu'on aime, c'est aussi la défiance de soi-même. La modestie est-elle un défaut? Être jaloux, ce n'est rien qu'être modeste.

— On ne saurait mieux défendre son mal, lui répondis-je; j'essayerai donc de faire un jour l'éloge de la jalousie; pour aujourd'hui, je n'y ai pas de goût.

— L'éloge de la folie a bien été fait, me dit-elle.

Et nous nous séparâmes.

D'éloge en éloge, on en viendrait à devoir

un éloge au brouillard, pensai-je tout en descendant la montée dans les ténèbres, au risque de me rompre le cou. Chose bizarre! le mal lui-même a des amis : on regrette tout en ce sot monde; on vivrait avec la peste, et elle s'en irait un beau jour, qu'elle trouverait des gens pour la pleurer.

Un temps viendra peut-être où nous pleurerons notre exil, et où nous regretterons, dans la France endormie, ce métier de Polonais auquel on nous réduit aujourd'hui.

IV

A CEUX DE MES LECTEURS QUI NE SONT PAS DE MON AVIS

Mais, me diront les gens qui croient que tout dire est possible, et qu'il y a réponse à tout, si vous avez raison dans ce que vous

venez de dire de la jalousie quand elle n'est
pas justifiée, s'ensuit-il que vous ayez raison
dans toute autre hypothèse?

Il n'est pas que des femmes, il n'est pas
non plus que des maris fidèles en ce monde.
Il n'est pas sans exemple, dit-on, que,
depuis notre premier père, et en le comp-
tant, hélas! quelques maris aient été trompés par leurs femmes et que quelques femmes aient été trompées à leur tour par leurs
maris. Ces mots : ingratitude, perfidie,
trahison, n'ont pas pour rien leur place dans
le Dictionnaire; leur application a trouvé,
plus d'une fois sans doute, à se faire. Les
liens les plus doux, les nœuds les mieux
formés se relâchent parfois, et, si quelques-
uns sont à l'épreuve du temps lui-même, il
en est un assez grand nombre, en revanche,
qui se rompent violemment ou se dénouent
tout au moins autrement qu'à l'amiable.

Que direz-vous à l'homme qui ne peut douter de son malheur? Lui prêcherez-vous la confiance, à celui-là, cette confiance sainte, sans laquelle, selon vous, il n'est pas d'amour?

A quoi je réponds : C'est précisément parce que, selon moi, il n'est pas d'amour sans confiance, que je refuse le droit de se dire jaloux à l'homme qui, se sachant trompé, n'a plus l'emploi de cette confiance nécessaire à l'amour.

La probité de notre langue est telle, que le même mot ne saurait évidemment être propre à deux situations différentes : or, on ne niera pas que, si quelque chose diffère du doute, c'est à coup sûr la certitude.

Si donc l'homme aimé peut être appelé à bon droit un jaloux dès qu'il ouvre son cœur au soupçon, comment serait-il encore un jaloux quand son état est complètement

changé et que le soupçon a été tué en lui
par la certitude?

Hier, son bonheur n'était que malade;
aujourd'hui, il est mort : donnerez vous le
même nom à la maladie et à la mort?

V

La jalousie implique le doute; là où il y
a certitude, il n'y a donc plus matière à
jalousie.

A l'heure même où le sort de l'homme
jaloux est fixé, son mal change de nom. Il
n'est plus jaloux. Il est ce que Panurge ne
voulait pas, et ce que vous-même ne voudriez point être, cher lecteur.

Son sort est-il pire? est-il moins mauvais? Ce n'est pas ici le lieu de le résoudre.
Son cas n'est plus celui qui nous occupe.

On n'est jaloux que de ce qu'on possède.

Celui qui ne possède plus a donc perdu le droit d'être jaloux. Celui qui ne possède pas encore ne l'a jamais eu ; le sentiment d'envie qu'allume dans son cœur la vue de ceux qu'on peut lui préférer n'est point de la jalousie.

L'homme qui n'est pas aimé n'a qu'un droit : celui de se faire aimer s'il le peut. S'il ne le peut pas, qu'il se console : les amoureux et les pêcheurs doivent savoir qu'il est des jours où on pourrait jeter à la rivière un filet d'or sans en retirer même un goujon.

VI

Et d'autre part...

Beaucoup parmi les meilleurs s'élèveront, faute d'y avoir assez songé peut-être, contre ce que j'ai dit de la passion. « Quoi ! diront-ils, ce qui est fort n'a pas besoin d'être violent ? C'est votre avis ? Croyez-vous donc

que la poésie puisse s'accommoder de cette
perpétuelle domination de la mesure sur
l'excès, du juste sur l'injuste, donnée comme
dernier terme de la puissance? Vous mettez
au cachot ce qui a besoin d'air et d'es-
pace? » A ceux-là, ce sont les poètes, je
pourrais répondre que ce qu'il y a de plus
fort au monde, je veux bien que ce soit le
poète, le poète de génie, mais que je déclare
qu'il n'en est pas de si fougueux, de si violent, qui n'ait, par ce seul fait qu'il a su
faire entrer sa pensée dans la mesure inflexible du vers, donné au monde entier une
preuve de patience extrême et d'empire
infini sur lui-même. Personne plus que le
vrai poète ne sait donc la valeur des mots,
car personne n'a été, aussi souvent que lui,
astreint à tourner et à retourner les mots
sous toutes leurs faces, à les peser, à les
flairer, à les choisir, à les sentir, à les mesu-

rer, à compter leurs membres, et jusqu'aux lettres qui les composent. M. Jourdain faisait de la prose sans s'en apercevoir; le M. Jourdain de la poésie est certes encore à trouver! Avec les poètes, il doit donc être facile de s'entendre sur la valeur des mots; or, la querelle qui pourrait m'être faite ici n'est, en effet, qu'une querelle de mots.

S'il ne manque pas de gens qui confondent la passion avec l'amour, il n'en manque pas non plus qui confondent la force avec la violence : la force, c'est-à-dire tous les efforts nécessaires au but qu'il est juste d'atteindre; la violence, c'est-à-dire tous ceux qui le manquent, tous ceux qui passent par-dessus, par-dessous, ou à côté. Qu'est-ce que la violence, si ce n'est la force qu'on emploie mal, la force qui ne voit plus clair, qui ne dirige plus ses coups, force perdue par conséquent?

Non, la violence n'ajoute rien à la force; la force sans violence peut seule accomplir tout ce qui constitue la vraie puissance. Son champ est immense, le juste est aussi vaste que l'injuste, la force a toujours et partout suffi à ce qui a été équitable, grand et même terrible.

Tacite, Juvénal, Dante, sont violents, direz-vous. Non, ils sont forts; car ils sont dans le vrai. Rien de ce qui est vrai n'est violent. Jérémie appelle Achab un fumier, il a raison. David appelle Babylone une prostituée, comment voulez-vous qu'il l'appelle? — On raconte qu'on vit arriver autrefois dans une petite île un étranger pensif qui, les yeux fixés vers le point de l'horizon d'où il semblait être venu, jetait aux vents, dans un langage *tout fumant de colère*, des imprécations terribles. Il appelait fumier, lui aussi, et pis encore, un homme, un chef de pirates, disait-il, qui, après s'être emparé par trahison du pouvoir dans le pays où il était né, avait injustement banni de ce pays tous les hommes m arquants qu'il n'avaitpoint osé faire périr, et cela en si grand nombre, qu'on ne pouvait plus faire un pas dans l'univers sans marcher sur quelques proscrits de cette nation infortunée, errant comme des ombres inquiètes, ceux-ci loin, ceux-là autour de leur patrie perdue.

L'histoire ajoute que les vents, servant à souhait l'exilé, portaient jusqu'aux oreilles du tyran les cris de sa victime, mais qu'il faisait semblant de ne pas les entendre, parce qu'il n'aurait rien eu à lui répondre.

Les habitants de l'île, en écoutant les chants irrités de l'inconnu, se disaient : « Celui-là est violent qui parle un tel langage ; » car ils ignoraient encore qu'il dît la vérité.

Mais ils l'apprirent plus tard, et chacun convint alors que le plus violent n'était point le poète inspiré appelant la punition sur le coupable, mais celui qui se taisait après avoir commis des crimes et qui jouissait du fruit de ces crimes.

La violence n'est donc point une affaire de simple apparence; si elle a les mêmes allures, les mêmes armes que la force, elle n'en fait point le même usage.

Le Christ un jour s'arma d'une verge, il chassa les vendeurs du temple, et il frappait *de toutes ses forces*, dit saint Chrysostome. La verge était-elle violente? Non; la verge n'est qu'un fait, ce n'est qu'un instrument. Forte dans la main du Christ contre les vendeurs, elle eût été violente dans sa main même si, confondant, contre son divin précepte, l'ivraie avec le bon grain, il eût chassé du temple ceux qui y priaient en même temps que ceux qui le souillaient.

Direz-vous que c'était la passion qui armait le Christ? Non. La passion aveugle n'eût pas choisi. C'était l'amour, c'était la justice, exempte de passions toujours. La passion humaine eût dit : « Tue, extermine les coupables; » l'amour humain se fût borné à dire : « Amende-les et pardonne-leur; » l'amour divin dit davantage encore, car il dit : « Rachète leurs fautes par ta mort même. » Oui, le Christ a chassé les vendeurs du temple, mais il ne les a pas tués, et il est mort pour leurs péchés, — comme pour les nôtres, chère lectrice.

Bruxelles, 1854.

FIN DE LA SECONDE PARTIE

CE QUE C'EST QUE L'AMOUR

Nous avons pensé, que ces pages intitu-
lées : *Ce que c'est que l'amour*, dont un
mot a été dit dans la dédicace de cette édition et qui avaient été destinées d'abord à
un seul, pouvaient trouver place à la fin
de ce petit livre, dont elles ont été comme
le germe.

L'auteur, tout en craignant qu'elles n'of-
frissent quelques redites et qu'elles ne fis-
sent, en quelques points, double emploi avec
certains passages de cet essai, les a laissées
telles quelles et n'y a rien changé.

(Note de l'éditeur.)

CE QUE C'EST QUE L'AMOUR
ET SI L'ON AIME

Cette double question ne paraîtra imper‑
tinente qu'aux gens qui n'ont jamais aimé,
ou qui ne se sont jamais inquiétés de savoir
ce qu'aimer voulait dire.

Mais celui qui a aimé, celui qui a senti,
ne fût‑ce que pendant une heure, battre son
cœur tout entier, celui‑là, sans pouvoir la
résoudre, pourra du moins la comprendre.

Ce que c'est que l'amour?

C'est une question qu'il faudrait peut‑être
pouvoir adresser à Dieu lui‑même, parce
que Dieu seul pourrait y répondre.

Ce que nous entendons, nous, par ce
grand mot — amour — c'est tout au plus
si nous pourrions le dire.

Mais, entre notre vérité humaine et la vérité pure, que d'abîmes !

Si je ne me trompe, l'amour n'est rien ou presque rien de ce que nous le faisons, de ce que nous pouvons le faire, nous autres pauvres créatures que la mort n'a pas encore instruites. De l'amour, nous n'avons que le désir, que l'envie, que le besoin, mais non le pouvoir assurément.

Si l'amour était sur la terre, s'il était au milieu de nous, entre nous, la terre et nous, nous serions parfaits. C'est sur la terre même que le bien se trouverait sans le mal, le soleil sans ombre et sans taches, la vie sans la mort ; car, l'amour, c'est la perfection, et la perfection ne saurait avoir de terme.

Non, nous ne savons pas ce que c'est que l'amour, nous ne devons pas le savoir, nous ne le pouvons pas. Il est impossible

que ce qui a un commencement et une fin,
que ce qui naît et que ce qui meurt, sache
ce que pourrait être l'amour, qui de son
essence est éternel.

L'amour est au-dessus de nos têtes,
comme les astres. Nous ne voyons de lui
qu'un peu de sa lumière, mais nous n'ima-
ginons pas ce que peut être son foyer. Ce
peu de chaleur qui nous vient d'en haut et
qui suffit parfois à nous grandir, nains que
nous sommes, ou à nous consumer, ce n'est
encore qu'un souffle attiédi de l'amour
divin.

L'amour, c'est à vous tous qui aimez à
l'heure même où je parle, ou qui aimiez
hier, que je le demande; à vous, quelles que
soient vos forces, quel que soit celui que
vous aimez, qui que vous soyez vous-même,
l'amour, le connaissez-vous? Est-ce là
aimer? et, si c'est là aimer, n'est-ce donc

que cela? Ce que vous donnez, est-ce tout ce qu'on peut vous demander? et ce qu'on vous rend, est-ce tout ce qu'il vous faut? ce peu enfin, est-ce tout?

Quoi! vous souffrez, et vous répétez ce mot : *J'aime?* Quoi! dans le ciel de votre amour un nuage a passé, et vous croyez aimer?

Où est l'amour, il n'y a point de nuages, point de douleurs.

Quoi! votre sang bouillonne, votre tête s'égare, votre âme est troublée et vous dites : « C'est de l'amour? »

L'amour est fort, l'amour est tout-puissant, et ce qui est tout-puissant est calme.

Vous n'aimez pas.

Vous êtes aveugle! vous n'aimez pas; l'amour, c'est l'intelligence, et l'intelligence, c'est la vue.

Mais que dis-je? Vous êtes jaloux; vous êtes furieux; le soupçon vous déchire, la défiance est en vous, et vous criez : « C'est de l'amour ! »

Non, ce n'est pas de l'amour. L'amour ne crie pas, l'amour se tait, son silence se comprend et s'entend; c'est un chant intérieur que rien n'interrompt et qui ne finit pas. L'amour, c'est la certitude, c'est la foi; et la jalousie, c'est l'incrédulité et la haine, une haine qui attend, la pire des haines. Vous voyez bien que vous n'aimez pas. Il faut être aussi petit que l'est un homme, pour qu'il nous soit pardonné d'avoir associé la haine à l'amour.

Descendons un peu.

Vous vous cachez? Mais l'amour est brave, il est glorieux, et il n'est, en un mot, que là où est la liberté.

Vous fuyez, vous êtes coupable, que

sais-je, criminel? Mais, là où il y a une
faute, il n'y a pas de véritable amour;
l'amour ne peut être que l'innocence.

Descendons encore.

Vous vous quittez, vous vous dites au
revoir; vous vivez et vous vous séparez.
Non, vous n'aimez pas.

L'amour est une possession absolue;
vous n'êtes pas possédé, vous ne possédez
pas, vous n'êtes pas amoureux. Vous n'êtes
tous qu'un troupeau d'amants et de maîtresses, de femmes et de maris trompés tour
à tour, des Orestes et des Hermiones, des
héros de théâtre et de roman; vous avez des
passions dont on peut faire des livres, dont
on ne peut faire que des livres, dont pas une
ne peut remonter jusqu'à Dieu. L'amour
n'est pas une passion, l'amour vient d'en
haut, et toute passion est un fruit de la
terre. Vous n'êtes que des hommes et

que des femmes, et vous osez parler d'amour !

D'amour, il n'y en a pas entre vous, sachez-le bien, hélas! et il ne peut pas y en avoir. Pour vous aimer, attendez que vous ayez cessé d'être parjures, perfides, égoïstes, lâches, faibles enfin ; attendez que vous soyez morts, espérez dans une autre vie ; car, j'ai peur de le dire, il n'y a peut-être de sage en ce monde qu'un amour, celui de la mort, lequel n'est autre, après tout, que le désir d'une perfection inconnue, que le besoin d'une vie meilleure.

Et, en attendant, soyez humble. L'humilité seule peut vous sauver. L'homme n'est peut-être quelque chose qu'à la condition qu'il s'aperçoive qu'il n'est rien.

N'élevez donc pas si haut vos idoles d'argile. Les dieux que vous faites, vos amours, ne sont que poussière.

Et dites-vous bien ceci : c'est que, tant qu'il y aura forcément entre vous, en preuve de votre infirmité, des contrats, des serments, des actes, des précautions, des liens autres que ceux de votre conscience et de votre volonté, au lieu d'être des êtres qui s'aiment, vous ne serez que des fous, que des malades, que des ennemis sans cesse en garde les uns contre les autres.

Hélas! qu'est-ce donc que nous sommes, si nous ne sommes pas même de force à nous aimer?

FIN

TABLE DES MATIÈRES

_____

DE L'ESPRIT DES FEMMES

Pages.

PRÉFACE DE 1882   V

PREMIÈRE PARTIE

DE L'ESPRIT DES FEMMES ET DES FEMMES D'ESPRIT.   I

Sommaire. — De la bêtise et du trop d'esprit. —
La bêtise a du bon. — L'esprit des femmes et
les oiseaux. — Des femmes d'esprit qui parlent
trop haut. — Des sottes qui les imitent. — Un
des privilèges de la sottise. — Rapport de l'esprit
des femmes avec le diamant. — L'esprit faux. —
Le cœur plus nécessaire que l'esprit. — L'esprit
inutile et même dangereux pendant qu'on s'aime.
— Madame A. et mon ami X. — Les nez en l'air.
— Portrait d'un de ces nez. — Une définition de
l'amour. — Du courage des femmes. — Mon ami
Jacques s'étonne qu'un homme puisse leur plaire.
— Comment on aime une femme d'esprit. —
L'esprit, l'amour et les feux d'artifice. — Où brille
l'esprit des femmes. — L'art des retraites. —
Moyens employés par les femmes d'esprit pour
congédier un amant. — Les remords. — Les con-
fesseurs des femmes et les médecins des

Pages.

femmes. — La *Crise* et *Gabrielle*. — Le mari
qui redevient tendre. Les jugements du monde.
— Les amies sûres. — Les belles-sœurs. — La
tante de province. — Les lettres anonymes. —
Lettres perdues. — L'amant vert. — Le vrai
mari, ou l'amant vert. —Le mari de l'âme ou l'a-
mant sacré. — L'amant que donne le mari. —
Les amants dont on ne parle pas. — Les petits
jeunes gens. — Ce qu'il convient de penser de
ce qui précède.

DEUXIÈME PARTIE

DE LA BEAUTÉ ET DE LA LAIDEUR DANS LEURS
RAPPORTS AVEC L'ESPRIT.   45

Sommaire. — Ce qu'on peut dire à une femme
d'esprit. — Les femmes ont presque toutes un
peu d'esprit. — Une très jolie femme n'est
jamais bête. — La vraie beauté. — La beauté
insupportable. — Bête comme un cygne. — La
beauté du diable. — Pourquoi le diable a des
cornes? — Du trop de cœur. — Les Égéries. —
Le mari d'une femme d'esprit n'est jamais tout
à fait bête. — De la platitude de quelques
amants — Les belles et les bêtes. — Opinion de
mon ami Jean. — Ce qu'une femme d'esprit oublie toujours. — Du danger de retourner chez
sa maîtresse. — L'esprit du monde et l'esprit
dans le monde. — De l'homme du monde et de
la femme du monde. — Le mot de trop. —
L'esprit de mesdemoiselles X et Cⁱᵉ. — La

Pages.

femme bon garçon. —Notre voix et nos culottes.
— Les laides. — Les moustaches de madame ***.
— Les bossues. — Mon ami C. et madame Z. —
Qui est-ce qui n'a pas sa bosse? — De l'inconvé-
nient de n'être pas tout à fait laide. — La beauté
dans un détail. —Réponse d'une femme laide à
une jolie femme. — Les laides résignées. — La
tante Prudence d'Eugène Sue. — La laideur et
la simplicité. — La laideur et la pruderie. — Le
dernier bouquet de mon ami Jean. — Balzac et
la laideur. — La laideur passe. — Les laides qui
n'auraient pas dû l'être. — L'entourage d'une
femme laide et spirituelle. — La jolie femme
amie intime de la femme laide. — Les comédiens
de madame ***. — Leur répertoire. — Pourquoi
y a-t-il des laides?

TROISIÈME PARTIE.

CHOSES QUELCONQUES AUTOUR DU SUJET   97

Sommaire. — De la difficulté de peindre une
femme. — L'horloge de Strasbourg. — Une chinoiserie. — Les six portraits du peintre R***. —
Combien il y a de femmes en une seule. — La
Grand'Place à Bruxelles. — Danger d'aimer les
femmes.— Les êtres vicieux.— Plus honnête ou
plus sage? — Jolie réponse d'un poète. — La
chute d'une femme.—Les tentations des femmes
et la tentation de saint Antoine. — Les petites
mendiantes et les portes qui ne s'ouvrent pas. —
De l'indulgence des honnêtes femmes. — Éloge

                                                    Pages.

de la femme au point de vue des naturalistes. —
La belle Glaucé. — L'aigle amoureux. — Les
lions ont peur des femmes. — Le dragon père de
Mérovée. — Ève et le serpent. — Les oies mâles
et les danseuses. — Le grand Frédéric et sa
sœur. — L'esclave grecque en route pour Cythère. — Les quadrumanes. — Les pongos ravis-
seurs. — Principale fonction du soleil. — Ce que
chantent les oiseaux. — Les arbres amoureux.
— Les fleurs et les jeunes filles. — La tempête
et le zéphir. — Les étoiles. — Les dieux. — Les
anges. — Belphégor.

CONCLUSION

POURQUOI MON AMI JACQUES DÉTESTE LES FEMMES,
ET LES RAISONS EXCELLENTES QU'IL DONNE DE
CETTE AVERSION. 123

ÉPILOGUE

LES JOIES DE L'HOMME 142
    I. — La petite fille 143
    II. — La jeune fille 144
    III. — La femme 146
    IV. — La famille 148
    V. — La fleur de l'autre vie. 149

Pages.

DE L'AMOUR ET DE LA JALOUSIE

A Madame ***. — A qui convient-il de demander
ce que c'est que l'amour? 153

PREMIÈRE PARTIE

Si celui qui aime peut être jaloux et si l'amour
est une passion 163
    I. — La confiance nécessaire à l'amour . . . 163
    II. — L'amour est d'invention moderne. — Ce
        que les Grecs pensaient des femmes.
        — De l'amour païen. 164
    III. — L'amour nouveau 168
    IV. — Des serments. — Ce qu'ils prouvent. . 171
    V. — L'amour n'est pas une passion. — Défi-
        nition de la passion 173
    VI. — Suite 178
    VII. — La jalousie, la plus stérile des passions. 178

SECONDE PARTIE

Ce que c'est qu'un jaloux. 183
    I. — Effet de la jalousie 183
    II. — La jalousie n'est point un hommage,
        c'est une offense 186
    III. — Ce que c'est qu'une femme jalouse. . . 195
    Id. — Elle est l'ennemie de celui qu'elle aime. 197
    Id. — Prière d'une femme jalouse 199
    Id. — Jalousie, défiance de soi-même 199

Pages.

IV. — Quelques mots à ceux des lecteurs de
ce petit livre qui ne sont pas de l'avis
de l'auteur   207

V. — Où il y a certitude, il n'y a plus matière
à jalousie.   210

VI. — Ce qui est fort n'a pas besoin d'être violent. — Définition de la force et de la
violence. — La première finit où la
seconde commence   211

Note de l'éditeur.   223

Ce que c'est que l'amour, et si l'on s'aime . .   225

FIN DE LA TABLE

J. HETZEL ET Cⁱᵉ, 18, RUE JACOB.

OUVRAGES DE P.-J. STAHL

LES BONNES FORTUNES PARISIENNES :
— Les Amours d'un Pierrot, in-18. 1 vol. . . . . 3 fr.
— Les Amours d'un Notaire, in-18. 1 vol. . . . . 3 fr.
VOYAGE D'UN ÉTUDIANT. . . . . . } in-18, 1 vol. . . . . . 3 fr.
HISTOIRE D'UN HOMME ENRHUMÉ. }
L'ESPRIT DES FEMMES ET LES FEMMES D'ES-
PRIT. . . . . } in-18, 1 vol. 3 fr.
THÉORIE DE L'AMOUR ET DE LA JALOUSIE. . }
HISTOIRE D'UN PRINCE ET D'UNE PRINCESSE. }
VOYAGE OU IL VOUS PLAIRA, en collabora- } in-18, 1 vol. 3 fr.
tion avec ALFRED DE MUSSET . . . . . . }
LES ANIMAUX PEINTS PAR EUX-MÊMES, en collaboration
avec divers, illustrés par GRANDVILLE, 1 vol. in-8, br. 9 fr.
LE DIABLE A PARIS, en collaboration avec divers, illustré
par GAVARNI et divers, 4 vol. grand in-8°, br. . . . . . 28 fr.
ENTRE BOURGEOIS, brochure in-18. . . . . » 50

Sous presse : BÊTES ET GENS. in-18, 1 vol.

LIVRES A L'USAGE DE LA JEUNESSE

CONTES ET RÉCITS DE MORALE FAMILIÈRE (couronné par
l'Académie), in-18. 1 vol. . . . . 3 fr.
LES QUATRE PEURS DE NOTRE GÉNÉRAL, in-18. 1 vol. . . . 3 fr.
LES HISTOIRES DE MON PARRAIN (couronné), in-18, 1 vol. 3 fr.
HISTOIRE D'UN ANE ET DEUX JEUNES FILLES (couronné),
in-18, 1 vol. . . . . 3 fr.

D'après les littératures étrangères

LES PATINS D'ARGENT (couronné), in-18, 1 vol. . . . . . . 3 fr.
MAROUSSIA (couronné), in-18, 1 vol. . . . . 3 fr.
LES QUATRE FILLES DU Dᵣ MARSCH, in-18, 1 vol. . . . . 3 fr.
LA FAMILLE CHESTER, in-18, 1 vol. . . . . 3 fr.
MON PREMIER VOYAGE EN MER, in-18, 1 vol. . . . . 3 fr.
CONTES CÉLÈBRES DE L'ANGLETERRE, en collaboration
avec DE WAILLY, in-8°, 1 vol. . . . . 5 fr.
SCÈNES DE LA VIE DES ENFANTS EN AMÉRIQUE, en collabo-
ration avec DE WAILLY, in-18, 2 vol. . . . . 6 fr.
LE NOUVEAU ROBINSON SUISSE, en collaboration avec
E. MULLER, in-18, 1 vol. . . . . 3 fr.

COLLECTION DES ALBUMS-LIVRES STAHL IN-8°

A L'USAGE DES ENFANTS

Prix : relié toile à biseaux, 5 fr.; — cart. bradel, 3 fr.

L'A perdu de Mˡˡᵉ Babet. — Bonsoir, petit père. — Commandements du grand-papa. — La crème au chocolat. — Journée de Mˡˡᵉ Lili. — Jujules à l'école. — Le jardin de Jujules. — Le petit diable. — Mˡˡᵉ Lili aux eaux. — Mˡˡᵉ Lili à la campagne. — M. Toc-Toc. — Premier cheval et première voiture. — Premières armes de Mˡˡᵉ Lili. — La fête de Mˡˡᵉ Lili. — L'ours de Sibérie. — Cerf-Agile. — La salade de la grande Jeanne. — Le premier chien et le premier pantalon. (Dessins de FRŒLICH.)
La boîte au lait. — Histoire d'un pain rond. — La petite devineresse. (Dessins de FROMENT.
Histoire d'une mère. (Dessins de COINCHON.)
Les bonnes idées de Mˡˡᵉ Rose. (Dessins de DETAILLE.)
La famille Gringalet. — Gribouille. — Pierrot à l'école. — Les méfaits de Polichinelle. — Jocrisse et sa sœur. — Une folle soirée chez Paillasse. (Dessins de G. FATH.)
Le paradis de M. Toto. — La première cause de l'avocat Juliette. (Dessins de GEOFFROY.)
L'école buissonnière. (Dessins de JUNDT.)
Le rosier du petit frère. (Dessins de LALAUZE.)
Caporal, chien du régiment. (Dessins de LANÇON.)
Le petit tyran. (Dessins d'ADRIEN MARIE)
Petits Robinsons de Fontainebleau. (Gravures de MÉAULLE.)
Histoire de Bob aîné. — Histoire d'un perroquet. — La pie de Marguerite (Dessins de PIRODON.)
Les travaux d'Alsa. (Dessins de SCHULER.)
Mon petit frère. (Dessins de VALTON.)

Prix : relié 7 fr. 50; — cart. bradel, 5 fr.

Mᵐᵉ Mouvette. — La révolte punie. — Petites sœurs et petites mamans. — M. Jujules. — Voyage de Mˡˡᵉ Lili autour du monde. — Voyage de découvertes de Mˡˡᵉ Lili. — Le royaume des gourmands. (Dessins de FRŒLICH.)
La belle petite princesse Ilsée. — La chasse au volant. (Dessins de FROMENT.)
Odyssée de Pataud et de son chien Fricaud. (Dessins de CHAM.)
Le premier livre des petits enfants. (Dessins de TH. SCHULER.)

OUVRAGES DIVERS

GAVARNI-GRANDVILLE

Le Diable à Paris, *Paris à la plume et au crayon,* 1508 dessins, dont 600 grandes scènes et types avec légendes de GAVARNI et 908 dessins par GRANDVILLE, BERTALL, CHAM, DANTAN, etc.; texte par BALZAC, ALFRED DE MUSSET, VICTOR HUGO, GEORGE SAND, STAHL, BARBIER, SUE, LAPRADE, SOULIÉ, NODIER, GOZLAN, GUSTAVE DROZ, ROCHEFORT, VILLEMOT, Mme DE GIRARDIN, etc. L'ouvrage complet forme 4 beaux volumes grand in-8°, 500 dessins chefs-d'œuvre de Gavarni et 1000 dessins de divers. Relié 1/2 chagrin, 44 fr,; toile, tranches dorées, 40 fr.; broché .   28 »
    Prix de chaque vol.: relié, tranches dorées, 11 fr.; toile, tranches dorées, 10 fr.; broché. . . . .   7 »

GRANDVILLE

Les Animaux peints par eux-mêmes, scènes de la vie privée et publique des animaux, sous la direction de P. J. STAHL, avec la collaboration de BALZAC, GUSTAVE DROZ, BENJAMIN FRANKLIN, JULES JANIN, ALFRED DE MUSSET, EUGÈNE SUE, CHARLES NODIER, GEORGE SAND, P.-J. STAHL. 1 vol. grand in-8°, contenant 320 dessins. Chef-d'œuvre de Grandville. Relié, tranches dorées, 14 fr.; cartonné toile, tranches dorées, 12 fr.; broché. . . . .   9 »

GŒTHE (KAULBACH)

Le Renard, traduit par E. GRENIER, illustré de 60 belles compositions par KAULBACH. 1 vol. gr. in-8°. Relié, tranches dorées, 10 fr.; broché. . . . .   7 »
    Le même ouvrage, en édition populaire grand in-8. Toile, tranches dorées, 5 fr.; broché. 2 50

GEORGE SAND

Romans champêtres. — 2 beaux vol. in-8°, illustrés par T. JOHANNOT. *La petite Fadette, la Fauvette du Docteur, André, la Mare au Diable, François le Champi, Promenades autour d'un Village.* Chaque vol. rel. tranches dorées, 15 fr.; toile, tranches dorées, 13 fr.; broché.   10 »

TOUSSENEL

L'Esprit des bêtes, 1 vol. toile, tr. dor., 7 fr.; broché . . . .   5 »

HISTOIRE, POÉSIE, VOYAGES
ROMANS, LITTÉRATURE FRANÇAISE ET ÉTRANGÈRE

VOLUMES IN-18 A 3 FR.

AUDEVAL..........	Les Demi-Dots..........	I v.
—	La Dernière	I v.
BADIN (Adolphe)....	Marie Chassaing..........	1 v.
BENTZON (Th.)......	Un Divorce..........	I v.
LUCIE B..........	Une Maman qui ne punit pas..	I v.
—	Aventures d'Édouard et justice	I v.
	des choses..............	I v.
BIART (Lucien)....	Le Bizco..........	I v.
—	Benito Vasquez.........	I v.
—	La Terre chaude..........	I v.
—	La Terre tempérée.........	I v.
—	Pile et Face..........	I v.
—	Les Clientes du Dʳ Bernagius.	I v.
BIXIO (BEPPA)......	Vie du Général Nino Bixio...	
	Traduction de l'italien	I v.
CERVANTES........	Don Quichotte (trad. nouvelle	
	par Lucien Biart)........	4 v.
CHAMFORT.........	(Édition Stahl)..........	I v.
COLOMBEY.........	Esprit des voleurs.........	I v.
DAUDET (Alphonse)...	Le Petit Chose..........	I v.
—	Lettres de mon moulin.....	I v.
DOMENECH (l'abbé)...	La Chaussée des Géants.....	I v.
—	Voyages et avent. en Irlande..	I v.
DURANDE (Amédée)...	Carl, Joseph et Horace Vernet.	I v.
ERCKMANN-CHATRIAN..	Le Blocus.............	I v.
—	Le Brigadier Frédéric......	I v.
—	Une Campagne en Kabylie...	I v.
—	Confidences d'un joueur de	I v.
	clarinette............	I v.
—	Contes de la montagne.....	I v.
—	Contes des bords du Rhin...	I v.
—	Contes populaires........	I v.
—	Contes Vosgiens.........	I v.
—	Le fou Yégof...........	I v.
—	La Guerre.............	I v.
—	Histoire d'un Conscrit de 1813.	I v.
—	Hist. d'un Homme du peuple..	I v.
—	Hist. d'un Paysan, compl. en	4 v.
—	Histoire d'un sous-maître....	I v.

ERCKMANN-CHATRIAN . .	L'illustre docteur Mathéus . . .	1 v.
—	Madame Thérèse.	1 v.
—	— *Edition allemande avec les dessins hors texte*, 1 v. 3 fr.	1 v.
—	Maître Gaspard Fix.	1 v.
—	Le Grand-Père Lebigre.	1 v.
—	La Maison forestière	1 v.
—	Maître Daniel Rock.	1 v.
—	Waterloo	1 v.
—	Histoire du plébiscite.	1 v.
—	Les Deux Frères.	1 v.
—	Souvenirs d'un ancien chef de chantier.	1 v.
—	L'ami Fritz, pièce	1 v.
—	Alsace.	1 v.
—	Les Vieux de la vieille.	1 v.
—	Le Banni	1 v.
—	Le Juif polonais, pièce à 1 5o.	1 v.
ESQUIROS (Alph.). . . .	L'Angleterre et la vie anglaise.	5 v.
FAVRE (Jules).	Discours du bâtonnat	1 v.
FLAVIO	Où mènent les chemins de traverse.	1 v.
GENEVRAY	Une Cause secrète	1 v.
GORDON (Lady).	Lettres d'Egypte.	1 v.
GOURNOT.	Essai sur la jeunesse contemporaine.	1 v.
GOZLAN (Léon).	Émotions de Polydore Marasquin.	1 v.
GRAMONT (comte de). .	Les Gentilshommes pauvres. .	1 v.
—	Les Gentilshommes riches . . .	1 v.
JANIN (Jules)	La Fin d'un monde. Le neveu de Rameau.	1 v.
—	Variétés littéraires.	1 v.
KŒCHLIN SCHWARTZ . .	Un Touriste au Caucase. . . .	1 v.
LAVALLÉE (Théophile) .	Jean sans Peur.	1 v.
MULLER (Eugène) . . .	La Mionette.	1 v.
MORALE UNIVERSELLE .	Esprit des Allemands	1 v.
—	— Anglais.	1 v.
—	— Espagnols.	1 v.
—	— Grecs.	1 v.
—	— Italiens.	1 v.
—	— Latins	1 v.
—	— Orientaux	1 v.
OFFICIER EN RETRAITE (Un).	L'armée française en 1879. .	2 v.
OLIVIER (Juste).	Le Batelier de Clarens	1 v.
PICHAT (Laurent). . . .	Gaston.	1 v.
—	Les Poètes de combat.	1 v.
—	Le Secret de Polichinelle. . . .	1 v.
POUJARD'HIEU	Les Chemins de fer.	1 v.

POUJARD'HIEU.	La Liberté et les intérêts matériels.	1 v.
PRINCESSE PALATINE . .	Lettres inédites (trad. par Roland.	1 v.
QUATRELLES.	Les Mille et une Nuits matrimoniales	1 v.
—	Voyage autour du grand monde	1 v.
—	La Vie à grand orchestre. . . .	1 v.
—	Sans Queue ni Tête	1 v.
—	L'Arc-en-ciel	1 v.
—	Petit Manuel du parfait Causeur parisien.	1 v.
—	Casse-Cou	1 v.
RIVE (DE LA)	Souvenirs sur M. de Cavour. .	1 v.
ROBERT (Adrien)	Le Nouveau Roman comique .	1 v.
ROLLAND.	Lettres de Mendelssohn.	1 v.
ROQUEPLAN.	Parisine.	1 v.
SAND (George)	Promenades autour d'un village.	1 v.
DE SOURDEVAL.	Le Cheval à côté de l'homme et dans l'histoire	1 v.
STAHL (P.-J.).	LES BONNES FORTUNES PARISIENNES :	
	— Les Amours d'un Pierrot .	1 v.
	— Les Amours d'un Notaire .	1 v.
—	Histoire d'un homme enrhumé. Voyage d'un étudiant	1 v. / 1 v.
—	Histoire d'un prince et Voyage où il vous plaira	1 v. / 1 v.
TEXIER et KÆMPFEN . .	Paris capitale du monde . . .	1 v.
TOURGUÉNEFF (J.) . . .	Dimitri Roudine	1 v.
—	Fumée (préface de MÉRIMÉE). .	1 v.
—	Une Nichée de gentilshommes.	1 v.
—	Nouvelles moscovites.	1 v.
—	Histoires étranges.	1 v.
—	Les Eaux printanières	1 v.
—	Les Reliques vivantes	1 v.
—	Terres vierges.	1 v.
TROCHU (Général) . . .	Pour la vérité et pour la justice	1 v.
—	La politique et le siège de Paris	1 v.
VALLERY RADOT (René)	L'Étudiant d'aujourd'hui	1 v.
WILKIE COLLINS	La Femme en blanc.	2 v.
—	Sans nom.	2 v.
H. WOOD (Mᵐᵉ)	Lady Isabel	2 v.

LIVRES IN-18 EN COMMISSION (3 FR.)

ANONYME	Mary Briant	1 v.
ARAGO (Etienne)	Les Bleus et les Blancs	2 v.
BAIGNIÈRES	Histoires modernes	1 v.
—	Histoires anciennes	1 v.
BASTIDE (A.)	Le Christianisme et l'esprit moderne	1 v.
BERCHÈRE	L'Isthme de Suez	1 v.
BOULLON (E.)	Chez nous.	1 v.
CARTERON (C.)	Voyage en Algérie.	1 v.
CHAUFFOUR	Les Réformateurs du XVIe siècle	2 v.
DOLLFUS (Charles) . . .	La Confession de Madeleine. .	1 v.
DUVERNET	La Canne de Me Desrieux . . .	1 v.
FAVIER (F.)	L'Héritage d'un Misanthrope . .	1 v.
GRENIER.	Poèmes dramatiques.	1 v.
HABENECK (Ch.)	Chefs-d'œuvre du théâtre espagnol.	1 v.
HUET (F.)	Histoire de Bordas Dumoulin. .	1 v.
LANCRET (A.)	Les Fausses Passions.	1 v.
LAVALLEY (Gaston). . .	Aurélien.	1 v.
LAVERDANT (Désiré). .	Don Juan converti.	1 v.
—	Les Renaissances de don Juan.	2 v.
LEFÈVRE (André). . . .	La Flûte de Pan.	1 v.
—	La Lyre intime.	1 v.
—	Les Bucoliques de Virgile. . . .	1 v.
LESAACK (D^r)	Les Eaux de Spa.	1 v.
NAGRIEN (X.)	Prodigieuse Découverte.	1 v.
RÉAL (Antony).	Les Atomes.	1 v.
SIMONIN (Louis). . . .	Les Pays lointains.	1 v.
STEEL.	Haôma.	1 v.
VALLORY (Mme). . . .	A l'aventure en Algérie.	1 v.
WORMS DE ROMILLY. .	Horace (traduction).	1 v.

LIVRES EN COMMISSION

Prix divers

ANONYME.	Le Prisme de l'âme.	6 fr.
—	Mademoiselle Segeste.	2 fr.
—	Rome.	6 fr.
ANTULLY (Albéric d'). .	Fantaisie.	2 fr.
BRUIÈRE (S.).	Une Saison en Allemagne. . . .	1 fr.

DELAHANTE........	Une famille de finance au xviiⁱᵉ siècle. 2 vol.	20 fr.
GUIMET (Émile).....	L'Orient d'Europe au fusain, in-18................	2 fr.
—	Esquisses scandinaves. 1 vol. in-18................	3 fr.
—	Aquarelles africaines.......	2 50
LAVERDANT (Désiré)..	Appel aux artistes........	1 fr.
PAULTRE (E.)......	Carpharnaüm..........	6 fr.
PIRMEZ..........	Jours de solitude, 1 vol. in-8.	6 fr.
RAYNALD.........	Histoire de la Restauration..	5 fr.
RIVE (DE LA)......	Souvenir de M. de Cavour...	6 fr.
SCHNÉEGANS (A.).....	Contes. 1 vol. in-18.	2 fr.

VOLUMES IN-18 A PRIX DIVERS

ARAGO (E.)........	L'Hôtel de Ville et le Gouvernement du 4 septembre 1870-71	3 50
L. AUBERT........	Lettres sur l'instruct. oblig...	» 50
BERTHET (André)...	Mes Lunes............	2 »
CHEVREUX (Mᵐᵉ)....	André Marie et J.-J. Ampère. 2 vol. à 3 fr. 50.........	7 »
A. DECOURCELLE....	Les Formules du docteur Grégoire (*Diction. du Figaro*).	2 »
ERCKMANN-CHATRIAN..	Juif polonais, pièce en 3 actes.	1 50
—	Lettre d'un électeur à son député..	» 50
—	Quelques mots sur l'esprit humain.............	1 50
FAVRE (Jules)......	Conférences et mélanges....	3 50
J. HETZEL........	Aux députés, sur la reprise des échéances............	» 50
HUGO (Victor)......	Les Châtiments. 1 vol. in-18..	2 »
—	Napoléon le Petit. 1 vol. in-18.	2 »
LEGOUVÉ (E.)......	L'alimentation morale pendant le siège.............	» 25
—	Les deux misères........	» 25
—	Les épaves du naufrage.....	» 50
—	Samson et ses Elèves......	2 »
—	Lamartine...........	1 50
—	Maria Malibran.........	» 75
MACÉ (Jean)......	Morale en action........	1 fr.
—	Lettres d'un paysan d'Alsace sur l'instruction obligatoire.	» 30
	Le génie et la pet. ville. 1 v. in-32.	» 25

Macé (Jean)........	Anniv. de Waterloo. 1 v. in-32.	»	15
—	Une Carte de France ; le Gulf-Stream. 1 vol. in-32.......	»	25
—	La Ligue de l'enseig., nᵒˢ 1 à 4 à	»	25
Merson (Olivier)....	Ingres, sa Vie et ses Œuvres, 1 vol. in-32...........	1	50
Nadar..........	Le Droit au vol........	1	»
Proudhon........	La Guerre et la Paix. 2 vol.	2	»
Quatrelles.......	Une date fatale..........	1	»
—	Les Amours extravagantes de la princesse Djalavann....	3	50
Stahl (P.-J.).......	Entre bourgeois.........	»	50
Susane (Général)....	L'artillerie avant et depuis la guerre.............	»	50
Verne (Jules)......	Neveu d'Amérique, comédie en 3 actes............	1	50
Viollet-le-Duc.....	Exposé des faits relatifs au Musée de Pierrefonds.....	»	50

VOLUMES IN-8° A PRIX DIVERS

About (Edmond)`....	Rome contemporaine......		
—	La Question romaine......	4	»
Anonyme	Vingt mois de présidence ...	5	»
Bertrand (J.)	Arago et sa vie scientifique...	1	»
—	Les Fondateurs de l'astronomie...............	6	»
—	L'Académie et les Académiciens	7	50
Blanc et Artom	Œuvres parlement. du comte de Cavour.............	7	50
Lafond (Ernest)....	Les Contemporains de Shakspeare :		
	Ben Jonson (2 vol.)......	6	»
	Massinger —	6	»
	Beaumont et Fletcher	6	»
	Webster et Ford	6	»
Richelot	Gœthe, ses Mém. et sa Vie (4 vol.). à	6	»
Strauss (D.-F.).....	Nouv. Vie de Jésus (traduite par Ch. Dollfus et A. Nefftzer) 2 vol. à	6	»
Trochu	L'Empire et la Défense de Paris................	8	»
Verne (Jules)	Le Tour du Monde en 80 jours (pièce)	»	50

LIVRES D'AMATEURS

GRAND LUXE
ÉDITIONS ILLUSTRÉES

Contes de Perrault, illustrés par GUSTAVE DORÉ, grande édition in-folio. Reste quelques exempl. à . 100 »

Daphnis et Chloé. Traduction d'AMYOT, complétée par P.-L. COURIER. 42 compositions au trait, en couleur dans le texte, par BURTHE. Préface par AMAURY DUVAL. Magnifique édition in-folio en deux couleurs, imprimée par CLAYE . . . . 50 »

Lemercier (ALFRED) et **Bocquin**. — GAVARNI, aquarelles fac-similé (chromolithographies), album en feuilles composé de 6 planches. Prix. . . . . 30 »

Gavarni. — Œuvres CHOISIES, album in-folio. Cartonné. Quelques exemplaires seulement . . . . 22 »

Grandville et **Kaulbach**. — Œuvres CHOISIES, album in-folio. Broché. . . . . 20 »
— Cartonné.. . . . . 22 »

L'Oraison dominicale, dessins de FRŒLICH. Album in-4°, contenant 10 planches à l'eau-forte, relié, toile. 18 »

Sept Fables de la Fontaine, dessins de FRŒLICH. Album in-4°, illustré de 10 planches, broché . . . . . 5 »

Les Richesses gastronomiques de la France. — LORBAC (CH. DE), texte. — LALLEMAND (CH.), illustrations : LES VINS DE BORDEAUX, 1re partie. *Généralités, cultures, vendanges, classification, châteaux vinicoles.* CRUS CLASSÉS, Broché . . . . 25 »

— SAINT-EMILION, *son histoire, ses monuments et ses vins.* Broché. 8 »

5455. — Paris, imprimerie A. Lahure, 9, rue de Fleurus.

COLLECTION J. HETZEL & Cie

HISTOIRE, POÉSIE, VOYAGES, ROMANS, LITTÉRATURE FRANÇAISE ET ÉTRANGÈRE

Volumes in-18 à 3 francs.

vol.

ACKEVAL. Les Demi-Dots 1
— La Dernière 1
BADIN (A.). Marie Chassaing. 1
B. (Lucie). Une maman qui ne
  punit pas 1
— Aventures d'Edouard et
  justice des choses 1
BENTZON (Th.). Un Divorce .. 1
BIART (Lucien). Le Bizco 1
— Benito Vasquez 1
— La Terre chaude 1
— La Terre tempérée 1
— Pile et face 1
— Clientes du Dr Bernagius.. 1
— Don Quichotte 4
CHAMFORT (édition Stahl)... 1
COLOMBEY. Esprit des voleurs. 1
DAUDET (A.). Le petit Chose. 1
— Lettres de mon moulin... 1
DOMENECH (l'abbé). La Chaus-
  sée des Géants 1
— Voyage et Avent. en Irlande 1
DURANDE (A.). Carl, Joseph et
  Horace Vernet 1
ERCKMANN-CHATRIAN. Blocus. 1
— Alsace! drame 1
— L'Ami Fritz, comédie. ... 1
— Le Brigadier Frédéric..... 1
— Une Campagne en Kabylie. 1
— Joueur de clarinette..... 1
— Contes de la montagne. .. 1
— Contes des bords du Rhin. 1
— Contes populaires 1
— Contes vosgiens 1
— Le Fou Yégof 1
— Le Grand-Père Lebigre.. 1
— La Guerre 1
— Conscrit de 1813 1
— Hist. d'un homme du peuple 1
— Histoire d'un paysan..... 4
— Histoire d'un sous-maître. 1
— L'illustre docteur Mathéus. 1
— Madame Thérèse........ 1
— Édit. allemande avec dessins 1
— La Maison forestière..... 1
— Maître Daniel Rock 1
— Maître Gaspard Fix...... 1
— Waterloo 1
— Histoire du Plébiscite.... 1
— Les Deux Frères 1
— Ancien chef de chantier... 1
— Vieux de la Vieille....... 1
— Le Banni 1
— Juif polonais, pièce à 1 50.. 1
ESQUIROS (A.). L'Angleterre et
  la Vie anglaise......... 5
FAVRE (J.). Disc. du bâtonnat. 1
— Conférences et Mélanges.. 1
FLAVIO. Où mènent les che-
  mins de traverse........ 1
GENEVRAY. Une Cause secrète. 1
GOURNOT. Essai sur la jeu-
  nesse contemporaine..... 1
GOZLAN (L.). Émotions de Po-
  lydore Marasquin........ 1

vol.

GRAMONT (comte de). Les Gen-
  tilshommes pauvres 1
— Les Gentilshommes riches. 1
JANIN (J.). Variétés littéraires. 1
JAUBERT (Mme). Souvenirs, 3.50 1
KOECHLIN-SCHWARTZ. Un Tou-
  riste au Caucase........ 1
LAVALLÉE (Th.). Jean sans Peur 1
MULLER (E.). La Mionette... 1
MORALE UNIVERSELLE. Esprit
  des Allemands.......... 1
— Esprit des Anglais....... 1
—   —   Espagnols...... 1
—   —   Grecs...... 1
—   —   Italiens...... 1
—   —   Latins...... 1
—   —   Orientaux...... 1
OFFICIER EN RETRAITE. L'ar-
  mée française en 1879.... 1
OLIVIER. Batelier de Clarens. 2
PICHAT (L.). Gaston 1
— Les Poètes de combat 1
— Le Secret de Polichinelle.. 1
POUJARD'HIEU. Chemins de fer 1
— La Liberté et les Intérêts
  matériels.............. 1
PRINCESSE PALATINE. Lettres
  inéd. (trad. par Rolland). 1
QUATRELLES. Voyage autour
  du grand monde........ 1
— L'Arc-en-ciel............ 1
— La Vie à grand orchestre. 1
— Sans Queue ni Tête...... 1
— Mille et une nuits matrimo-
  niales................. 1
— Parfait Causeur parisien.. 1
— Princesse Djalavann. 3.50 1
— Casse-Cou! 1
RIVE (DE LA). Souvenirs sur
  M. de Cavour.......... 1
ROBERT (Adrien). Le Nouveau
  Roman comique......... 1
ROLLAND. Lettres de Mendels-
  shon.................. 1
ROQUEPLAN. Parisine........ 1
SAND (George). Promenade
  autour d'un village...... 1
DE SOURDEVAL. Le Cheval... 1
STAHL (P.-J.). LES BONNES FOR-
  TUNES PARISIENNES :
— — Amours d'un pierrot.. 1
— — Amours d'un notaire.. 1
— Histoire d'un homme en-
  rhumé................ 1
— Voyage d'un étudiant. ... 1
— Histoire d'un prince..... 1
— Voyage où il vous plaira 1
— Les quatre peurs de notre
  général................ 1
TEXIER et KÆMPFEN. Paris,
  capitale du monde....... 1
TOURGUÉNEFF. DimitriRoudine 1
— Fumée (préface de MÉRIMÉE). 1
— Une Nichée de gentilshom. 1

vol.

TOURGUÉNEFF. Étranges
  toires ....
— Nouvelles moscovites...
— Les Eaux printanières.
— Les Reliques vivantes
— Terres vierges......
TROCHU (Général). Pour la
  rité et pour la justice
— La politique et le siège
  Paris................
VALLERY-RADOT (René). L'É
  diant d'aujourd'hui...
WILKIE COLLINS. Sans no
— La Femme en blanc..
WOOD (Mme). Lady Isabel.

Livres in-18 en commis
à 3 fr.

ANONYME. Mary Briant.
ARAGO (Ét.). Bleus et Blas
BAIGNIÈRES. Hist. moder
— Histoires anciennes....
BASTIDE (A.). Le Christian
  et l'Esprit moderne...
BERCHÈRE. L'Isthme de S
BIXIO (Beppa). La vie du
  néral Nino Bixio.....
BOUILLON (E.). Chez nous..
CAMILLE SÉE. La Loi Cam
  Sée, 3.50.............
CARTERON (C.). Voyage
  Algérie..............
CHAUFFOUR. Les Réfor
  teurs du XVIe siècle....
DOLLFUS (Charles). La Con
  sion de Madeleine...
DUFF GORDON (lady Lucie)
  Lettres d'Egypte.....
DUVERNET. La Canne
  M. Desrieux.........
FAVIER (F.). L'Héritage
  misanthrope.........
GRENIER. Poèmes dramati
HABENECK (Ch.). Chefs-d'
  vre du théâtre espagn
HUET (F.). Histoire de Bo
  Dumoulin............
LANCERT (A.). Fausses Passi
LAVALLEY (Gaston). Aurél
LAVERDANT (Désiré).
  Juan converti........
— Renaissances de don Ju
LEFÈVRE (A.). La Flûte de
— La Lyre intime.......
— Les Bucoliques de Vir
LEZAACK (Dr). E... s de S
NAGRIEN (X.). Prodigieuse
  couverte.............
RÉAL (Antony). Les Ato
SIMONIN (L.). Pays lointai
STEEL. Hadma...........
VALLORY (Mme). A l'aven
  en Algérie...........
WORMS DE ROMILLY. Ho
  traduction...........

Paris. — Imp. Gauthier-Villars.

www.ingramcontent.com/pod-product-compliance
Lightning Source LLC
Chambersburg PA
CBHW070513030726
47503CB00004B/1259